ニセコイ
NISE-KOI

でとう!!

〈毎朝ゴハンを食
〈睡眠時間の確
〈部活を頑
頑張る〉

★この作品はフィクションです。実在の人物・
団体・事件などには、いっさい関係ありません。

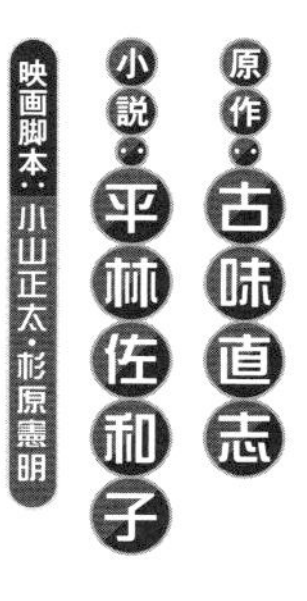
原作・古味直志
小説・平林佐和子
映画脚本：小山正太・杉原憲明

小説… JUMP j BOOKS

一条楽

マジメで普通な高校生。実は極道「集英組」の一人息子で、初恋の女の子と分け合ったペンダントを肌身離さず持つ。

橘万里花

警視総監の娘。10年前に楽と結婚の約束を交わしたという(?)自称・婚約者。怒ると博多弁になる。

小野寺小咲

楽が片思いしている女の子。美人で優しいが、かなりの奥手で楽と両想いであることに気づいていない。

クロード・リングハルト

千棘の護衛に異常な執念を燃やす「ビーハイブ」の幹部。楽と千棘の関係を疑い、常に監視している。

舞子集

楽の親友。明るい性格で、女の子が大好きなお調子者。クラスの情報通として、様々な噂話を知っている。

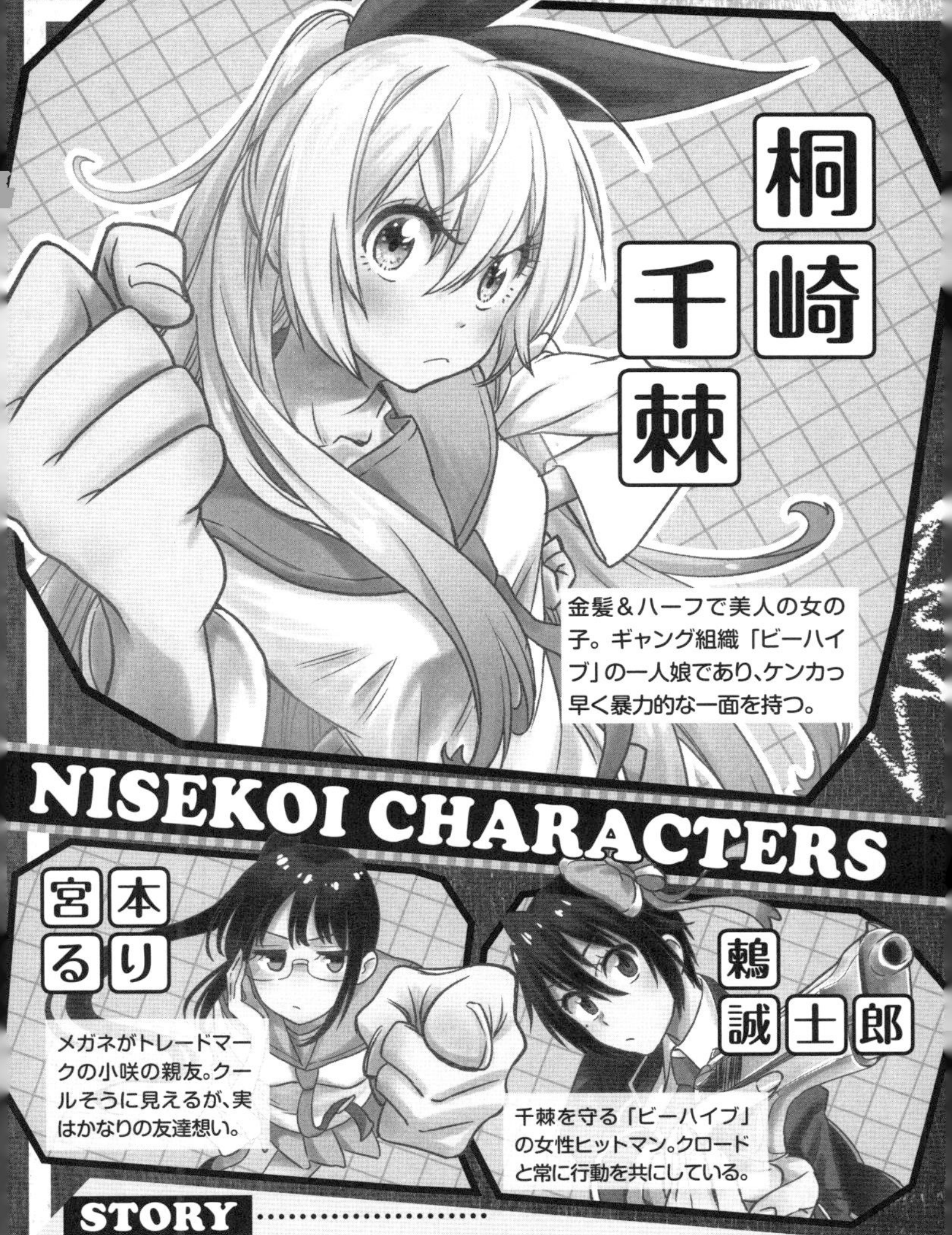

STORY

極道「集英組」の一人息子・一条楽は幼い頃、仲良くなった女の子と、「再会したら結婚する」約束をし、分け合ったペンダントを肌身離さず持っていた。運命の相手を探し求めていた楽だったが、ひょんなことから敵対組織「ビーハイブ」の一人娘・桐崎千棘と“恋人のフリ”をさせられることに！好きでもない奴と、「ニセモノの恋」を強制させられた二人の運命は⁉

CONTENTS

番外編漫画 チケット 011
Chapter1 ヤクソク 035
Chapter2 ホウモン 101
Chapter3 エンゲキ 133
Chapter4 ホンバン 167

これはとある冬のお話――
カランカランカラ――ン!!
大当たり〜〜〜〜〜!!!
おめでとうございま〜す!!
見事一等のご当選でござ〜〜〜い!!
おお――――!!
え!?
番外編「チケット」
うおーマジか
ポケットティッシュ以外のものが当たったなんて人生初めてだぜ
何が当たったんだろ
商品券とかなら嬉しいな〜
カサ…
…ん!?

こ…これは…!!
今話題沸騰中の実写映画「ニセコウィ」の…
無料ペアチケットじゃねえかぁ〜〜〜〜!!!
ニセコウィ THE MOVIE
無料ペアチケット
※本券はカップル専用です。カップル以外のご利用はできません。
かの週刊少年ジャンプで連載していた大人気ラブコメの初の実写化…!!
オレこれ読んでたんだよ〜〜〜!!
確か公開もうすぐだもんな楽しみにしてたんだよやったぜちくしょ〜〜〜!!
…ん?
…本券はカップル専用?
カップル以外でのご利用は出来ません…って
げ!なんだよそれ!
せっかく集の奴でも誘ってやろーと思ったのに…

…もしかしてコレ
あいつとなら使えんのかな
一応表向きは恋人なわけだし
…んー
でもあいつ恋愛映画なんてキョーミねぇよな
いつも寝ちまうし
どうすっか…
重要
裏面も見るべし！
無料
お嬢～お届け物ですぜ～
はーい
…あ！
これダメ元で応募した〝ニセコウィ〟のチケットじゃない！
すご～い当たったんだ～！

日本に来た時からずっと読んでたのよね〜!
ハチャメチャだけど日本の生活とかよく描かれてて
私の日本でのバイブル…!
…ってあら?
…何コレ
カップル専用…!?
うそ!急いで応募したから気付かなかった!
無料ペアチケット
…ん?
カップル…カップルかぁ…
あいつとなら行けるかもしれないけど
誘ったら来てくれるかしら…
くるっ!
…裏も見るべし?
何かしら
重要
無料ペアチケット
…んん!!?

なっ…!?
なお…カップルである証明として
入場口で確認のキス…!?
ご注意!!
本券はカップルの方のみ有効です。
当日本券をお持ちの方は入場口カウンターにて
チケット確認の際、カップルである事の証明として、
スタッフの前で"キス"をして頂きます。
何卒ご了承の程よろしくお願い致します。
なっ…なによソレ～
ばーーん!!
もう…何なのよその余計なルール
それさえなければ楽と観に行こうと思ったのに…
ハァ…
はあ…
おはよー
おはよー

キス…なんて
さすがに
ムリよね
だって私達
本物の恋人って
わけでも
ないのに…
そりゃ
私は
本物になれたら
嬉しいけど…
よぉ
千棘
ビクッ
…はよーッス
…ん？
なんか元気
ねーか？
…まったく
人の気も
知らないで
………
ううん
別に…
…あ
そうだ
千棘
ふぁ…
お前
〝ニセコウィ〟って
知ってるか？
ブー!!

ゲホッ ゴホッ…!!
ど…どうしたの突然…
は？
いや…今度やる映画だよ 知ってるかなーって…
…知ってるけど
ビックリした
それがどうしたの？
いや 実はおれ あの作品の大ファンでさ
かなり楽しみにしてんだけど
え!?
そ…そうだったの!? 私もまんが読んでる…！
そーなのか!? オレ全巻持ってるぞ！
私も持ってる！
そーなのか!?
なんだよ奇遇だなぁ！
オレあのヒロインが好きなんだよ
最初はツンツンしてんだけど 主人公を好きになってからは少しずつ優しくなったり いじらしいよな〜
何言ってんの ニセコウィと言ったら あの主人公でしょ！
普段はつっけんどんなんだけど たまに見せる男らしさとか優しさがカッコよくてさ〜
ほん
わか
そりゃヒロインもほれるわよ！
あー分かる分かる

いやー
お前が
ニセコウィ
好きだなんて
意外だなぁ
なげぇ
付き合い
なのになー
私こそ
ビックリよ
へ、え…！…
楽もニセコウィ
好きだったんだ
なんか
嬉しいな…
映画一緒に
行けたら
良かったん
だけど…
ゴソ…
じゃあ
ちょうど
良かった

実はこんなもん
手に入れたん
だけど
今度一緒に
行かねー？

「…………」

はー…?
ど…どうしよう
うっかりOK しちゃったけど
あいつ一体どういうつもりなの?
…え?
このチケットが何なのか知ってんのか
だったら話がはえーな
いやいやはえーなじゃなくて…!
な…なんで私を…!? だってコレ…
は?
いや
だって
お前とじゃねーと意味ねーから
ええええええ

わ――待って待って待って待って―――!!!
あいつ自分が何を言ってるか分かってるの!?
その券を使うって事はつまり…キ…キ…
するって事で…!!
あ…あいつまさか本気で…?
ドキドキ…
ううんきっと何かの間違いよね
とりあえず服はチョー気合入れてきたけど
ビグ――ッ!!
っはよー千棘ー
ウィース
お…おおおおはようダーリン
ごきげんいかがかしら…?
あ?
なんだそのテンション
ははぁん
さては映画が楽しみすぎて落ちつかないんだろ
分かるぞ千棘～
楽は…今のところいつもと同じに見える
やっぱり何かの勘違いなのよ
もぐもぐ…
だってそんな…

…あれ
あんた何食べてんの？
ん？
ああ ただのガムだよ ミントガム
お前も食うか？
ガム…
ふーん… 楽がガムなんて珍しいわね…
初めて見たかも
ハッ…!
まさか…!!
口臭対策をしている…!!!?
集に貰ったガム
意外とうめーな
楽ったらまさか着々とキスの為の準備を…!?
いや…ただの偶然よ! 誰だってガムの一つぐらい…!
上映までまだ時間あるな
メシでも食い行くか
お前何食べたい？
え!? 食べ…!? あ…えーと…

あ
久々にいつものラーメン屋はどうだ？
近いしお前も好きだろ？
え!!
ラーメン…
でもあそこけっこうニンニク使ってたような…
あ
いややっぱやめとこう
ラーメンだと臭いとか気になっちゃうもんな
他にしよーぜ
なっ…!!やっぱり臭いを気にして…!!?
映画館でニンニク臭は迷惑だもんな
あぶないあぶない
楽ったらやっぱり本気で…!!?
私どうしたら…!!
カランコローン…
いらっしゃいませー
CAFE
RESTAURANT
La Saison

なにココ…すっごいオシャレなカフェなんですけど
ソワソワ…
ヤベ
メッチャ高そうなところ入っちゃった
ま…まさかキスの為の雰囲気作りとかもかねてるのかな
うう…考えすぎ考えすぎよ私…！
決まったか？
う…うん…
だいたいいきなりキスしようなんてする…？
するからには私のことす…好きってことでしょ？
ドキ
ドキ
そんなことあるわけ…

いっそのこと…聞いてみようか…
ハッキリ…単刀直入に…
てゆーかお前いつからニセコウィ好きだったんだよ
もっと早く語り合いたかったぜ
お前はヒロインの子とか好きなのか？
だってもし気のせいだったら目も当てられない…
…おーい聞いてっか？
あ…あんたは…その…
いつから好き…だったわけ？
…は？
な…何がだよ
だ…だからその…
いつから〝女の子〟として見てたかって…
やつ…
〝女の子〟…？
ニセコウィのヒロインのことか…？
あ…あーそうだな
一年生の時文化祭があったろ？
6巻ぐらいだったかな
あん時ぐらいかな
そっっ!!!!
それって…!!!!

あん時の話がまた泣けるんだよな～
んで？お前はじゃあ…
言葉を借りるならいつから男として見てたんだ？
ひえ!?
わ…私でございますか…!?
ごっ…!?
ま…まぁうん…
なんだこいつ
わ…
私もちょうど…そのくらいから…
なぜそんな照れる!!?
すげえ…!!!
まるで本当に主人公に恋をしてるみたいだぜ…!!
おぉ…!!
こいつよっぽど主人公の事が好きなんだなぁ…!!
フッ…
お前がオレと同じ気持ちで嬉しいぜ
ちと手洗いいってくらぁ
う…うん…

ギャーーー!!!!
どどど
どうしよう
言っちゃった
言っちゃった
わぁああーーー!!!!
それに
私のことを
す…
好きって…!!
どうしよう
信じらんない!!
まさか
こんなことに
なるなんて…!!
わぁわぁあぁ
キス…
するつもり
なんだ…!!
ドドドド
そのつもりで
今日映画に
誘ったんだ…!!
どうしよう
急に現実味を
帯びてきて
怖くなってきた
…!!
ドドドド
キスって…
どんな味が
するんだろう
あいつと…
唇と唇を
重ねるのよ
ね…
そ…
そんなの
……
ごくり…

お待たせー
なんか割と混んでて…
ガッシャァーン!!
うわー!! 何やってんだ千棘…!?
しかもオレのカップ!?
お…お客様──!!?
わ──すすすみません手がすべって~~~~!!!
わー
わー
わー
わー
ハァ…ハァ…落ちつけ落ちつくのよ千棘…!!
突然の事で混乱するのは分かるけどともかく落ちついて~!!
ハァ…
ハァ…
なんで楽は落ちついてられるんだろ…
ハァ…
ギクッ
………あんた…何やって…
…は? 何って…

リップ塗ってるだけだが
冬は割れるんだよなー
ツヤァア…
り…臨戦態勢に入ったあああ～～～!!!!
迷いが無いッ!!!!
そりゃそうよね あんたは覚悟して来てるんだもんね!
それにしても淡々としてるっていうか…!
あんたそんな男らしかったっけ…!!?
わぁあぁあぁ

さて そろそろ上映時間だな
移動するか千棘
ビクッ
…押忍
押忍!?
なんか変だぞお前

CINEMAS MAX
と…とうとう来てしまった…!
ついに…ついにこの時がー!!

まさかこんな唐突に来るなんて思いもよらなかったけどー…
ううー…なんか怖い…!!
私変な臭いとかしてないかな…!!
ええいここまで来てびびってどうする!!
ブンブン
覚悟を決めるのよ私…!!
入場口こちらでーす
…ホントは初めてのキスは二人きりでロマンチックなムードでしたかった
けど…あんたがここが良いって言うなら…

私は…!!
はーい特別カップルチケットですねー
確認のチューお願いしまーす
は？チュー？
さぁ来い…!!!!
なぁ千棘
チューって何の…

…な…何やってんだ…？千棘…
…………
…へ……？

なっ…
入場口にて
カップルの証明の為に
キス…!?
なんじゃ
そりゃあ――
!!?
そんな
大事なこと
ちゃんと表に
書いといて
くれよ
千棘
お前も
知ってたんなら
なんで…
うお!!?
千棘が
砂に
なってる!!!!
サラ
サラ…
バ――ン!!
…気付いて
なかったって…
気付いて
なかったって
どういう事よ
…
…へ?
ゆら…
あんた目ん玉
ついてんの!!?
こんなに!!
こんなに
ハッキリ
書いてる
のに…!
ホント
バカみたい
私の気持ち
返せえ~~~!
ポカ
スカ
ポカ
スカ
わわわ
悪かった
よ
なんで
そんな
怒るんだ
よ…!

…ん？
でもあれ？
じゃあお前
オレとキスしなきゃ
いけないの
分かってて大人しく
付いてきたのか？
ドキィ!!
だっ…!!
だだだだ
だってそれは
あんたが…!!
チケットのこと
知ってるって言うから
まさかとは
思ったけどその…
するつもりなの
かなって…
…恋人として
ハア!!?
んなわけ
ねぇだろ!!
なんでオレが
こんな人前で
お前とキス
しなきゃ
いけねーんだよ!!
ガーン
な…
なによ…！
こっちが
どんな想い
で…!!
そりゃ
あんたが
私の事
なんとも思って
ないことぐらい
分かってるけど
ギュッ…!!
そんな
言い方…!!
…オレ
だって
お前とキスすんなら
もうちょっと場所とか
タイミングとか…

…今のどういう意味
…へ!?
へ…
や…今のは何でもない
今のナシ
な!何よソレ何でもなくないでしょ!?
どーゆー意味!?
何でもないって
何でもなくない!どーいう意味なのもう一回言って!
何も言ってないってば
言った!ちゃんと説明して…
結局普通にチケット買って二人で観た
…ねえさっきのどういう意味なの?
……なんでもないったら
ニセコウィじゃー!!
ちっとも頭に入ってこなかったらしいけど
おしまい

Chapter1
ヤクソク

誰かの涙を見て胸がこんなに痛んだのは、生まれて初めてだった。

「どうして、泣いてるの？」

ぽろぽろと涙をこぼす彼女をこれ以上悲しませないように、細心の注意を払って尋ねた。

ひなげしの花畑に座る彼女は、胸に抱きしめていた絵本を見せてくれた。

絵本はいつか一緒に読んだ『ロミオとジュリエット』。仲の悪い家の子ども同士が、許されない恋をする悲しいお話。

彼女はぐすっと洟をすすり、涙混じりの声で言った。

「私たちも、ロミオとジュリエットみたいに離ればなれになっちゃうの？」

「…………」

なにも言えなかった。

〝そんなことないよ〟と言いたかったけれど、別れが近いことは彼女も自分も知っている。

それを回避したくても、まだ六歳という幼さでは無力に等しい。

(でも、できることはある――)

うつむいてしまった彼女の前に膝(ひざ)をつき、元気づけるように明るい声で話しかけた。

「そんなことないよ」

「?」

顔をあげた彼女に、もう一度笑いかけて、渡そうと思っていたそれをポケットから取り出す。彼女が好きだと言っていた絵本を参考にして、親にねだって作ってもらったものだ。

「ザクシャ イン ラブ……」

楽は取り出した錠(じょう)に刻まれたフレーズを口にした。

「君には鍵を」

と言って、彼女の小さな手に鈍い輝きを放つ鍵をのせる。

「僕は錠を」

目を丸くしたままの彼女に見えるように、自分の錠を持ち上げてみる。

鍵にも錠にもチェーンがついていて、肌身離さず持っていられるようになっている。

あの絵本に書いてあった通り、ずっと持っていられるように。

そしていつか——。

「いつか僕たちが大きくなってまた会えたら、君の鍵で僕の錠を開けるんだ。そうしたら……」

「そうしたら？」

「結婚しよう」

彼女の涙は止まっていた。代わりに初めて会ったときから好きだった、あのキレイな笑顔が——。

「……見えなかった」
布団の中で目を覚ました一条楽は、深いため息を吐いた。
ついさっきまで見ていた夢を思い出そうとするが、もはやおぼろげになっている。

見ていた夢の内容はわかる。幼い頃に交わした約束のことだ。

これまで幾度も見ているのに、どうしても少女の顔が思い出せない。夢の中では見えていたハズなのに、目が覚めると忘れてしまう。

寝間着である浴衣（ゆかた）の襟元（えりもと）に手をいれれば、首から提（さ）げた錠のペンダントに指先が当たり、あの約束が幼い頃の記憶違いでないことがわかる。

「くっそ～、今日こそは思い出せると思ったのに！」

布団の中で悶（もだ）える楽であったが、

「遅刻しちゃいますよ、坊っちゃん！」

いきなりヌッとのぞきこんできた男の顔に、「ギャーッ」と悲鳴をあげた。

男の顔には古い太刀傷（たちきず）があり、鋭い眼光はこれまでの生き様を雄弁に語っている。

つまり、まさにその筋のヒト。

十八歳になったばかりの青年・楽が悲鳴をあげるのも無理はない相手――なのだが。

「顔ちけぇよ！　心臓に悪いだろ！」

飛び起きた楽は怖がりもせず、むしろ弟分に対するように文句を言った。さらに文句を

言われたほうも『んだとぉゴラァァア！』とすごむことはなく、母親に怒られた小学生のようにシュン……と首をすくめ、申し訳なさそうにもじもじとする。男は着流しの片肌を脱いでいるので、男の肩に彫(ほ)られた青々とした龍(りゅう)も一緒にもじもじと揺れて、なかなか非日常的な光景だった。

しかしそんな非日常も、楽にとっては日常だ。

なにしろ楽は、この地域のヤクザの元締め、集英組(しゅうえいぐみ)のひとり息子なのだ。

楽が一歩部屋を出れば、右も左もひと癖ありそうな男ばかりである。

そんな男たちは、楽が出かけようとすれば決して放っておかない。

「おはようございます、二代目！」

威風堂々とした日本家屋の大門の外に、見送りの男たちがズラッと並び、ドスのきいた大音声(だいおんじょう)で楽の出勤ならぬ、登校を見送る。

「だから二代目って呼ぶなっつってんだろ！　オレはヤクザなんて嫌いなの、真っ当に生きていきたいの！」

高校の制服に着替えた楽が怒声に近い声で返事をすれば、一家の者たちが「またまたあ」と低いが親しみのこもった声を出す。

「じゃあ誰がこの集英組を継ぐってんですか？」

と、言ったのは楽を起こしに来た男、若頭の竜之介である。

（くそっ、誰もオレの本気を信じねぇ……！）

楽はイライラするが、これもいつものことなのでため息をつくしかない。

「なんだお前ら、朝から忙しねぇな」

大門の内からかけられた声に、男たちの表情が瞬時に引き締まった。

中から現れたのは長身で紋付袴の男。年齢は六〇歳あたり、白髪をいなせに肩まで伸ばし、顔に傷こそないが、纏う気迫が他の者たちとは明らかに違う。

集英組組長・一条一征であった。

「おはようございます、組長！」

男たちがドスのきいた声で挨拶をすると、一征は片手をあげて応え、ゆっくりとした歩調で楽に近づいた。

「楽、今夜は大事な話がある。さっさと帰ってくるんだぞ」

「え？」

〝大事な話〟に思い当たる節のない楽は眉を寄せたが、一征はそれ以上話す気はないようで、さっさと家の中へ戻っていった。

（大事な話ってなんだ？　オレがヤクザを継がないって言ってることか？　それとも……）

悶々と考えこんでしまい、つい難しい顔をしたまま楽が歩いていると、周囲の学生たちは慌てて道を譲り、見てはいけないものを見たかのように視線を落とす。

腫れ物扱いに気づいた楽はぐぬぅと呻くようなため息をつくと、くるっと振り返った。

「だから、ついてくんなって！」

楽のうしろには集英組の猛者たちがずらりと雁首をそろえていた。

「お前らのせいで、オレの青春が台無しなんだよ！」

「ですが坊っちゃん！」

行列の先頭、楽のすぐうしろで周囲にガンをとばしていた竜之介が眉を下げて訴える。

「最近、新参者のギャングがうちのシマぁ荒らしてます！　坊っちゃんにもしものことがあったら……！」

と、幼稚園児の初めてのおつかいにこっそりとついていく父親のような過保護っぷりを見せる竜之介から視線をそらした楽は、「あ」と声をあげた。

「ギャング！」

「どこだゴラァァア!!」

竜之介をはじめ男たちは荒々しく怒鳴り、楽が指さした方角へ駆け出していく。

（こんな小学生みたいな手にひっかかるなよ……）

男たちを見送り、楽はやれやれと肩を落とす。

穏やかに普通に暮らしたい。

それが楽の望みなのに、どうしても個性的な家族（みたいな奴ら）の影響で、静かな生活どころか友だちを作るのだってひと苦労だ。

（学校にいる間ぐらい、放っておいてくれ）

楽が再び歩き始めたとき、周囲には学生は誰もいなかった。そして聞こえる予鈴のチャイム。

（やべぇ！）

楽は足に力をこめると学校の校門めがけてダッシュした。家業を継ぐような腕っぷしはないが、男子高校生の標準的運動能力は備えている。

ダッシュで楽が校門を駆け抜けると、タイミングを合わせたかのように守衛が門扉(もんぴ)を閉めた。

「セーフ……」

ほっと息を吐いたとき——。

「どいてどいてどいてどいて————‼」

「ん？」

なんだろうと振り向いた楽は、目を疑った。

閉められた門扉の向こうに、走ってくる女の子の姿が見えた。

そこまでは問題ない。

彼女は、金色の長い髪を揺らしたかと思うと、閉められた門に向かって跳んだのだ。

そして高さ一メートル五〇センチはある正門に跳びのり、勢いをつけて校庭へ……いや、まっすぐ楽に向かって飛び降りてきて――。

「どけ――!!」

「え?」

楽が瞬(まばた)きする寸前、見えたのは女の子の白い右膝。

続いて、脳天に響くような衝撃!

ドゴンッという鈍い音を立てて楽は仰向けに倒れた。

女の子の膝が顔にクリーンヒットした、という驚異の事実を理解するより前に、

「ごめん、言うのが遅かった!」

女の子は無事に着地していたようで、衝撃で目を開けられない楽の耳に、走り去る足音が聞こえた。

(な、なんなんだよ、いったい……)

ようやく起き上がり、女の子の走り去ったあとを見ればすでに姿はない。

行き場のない憤りが「むぐぅぅ」と口から漏れるが、楽はハッと我に返って自分の胸元を押さえた。

ペタと触ると、そこにいつもあった感触が消えている。肌身離さず持ち歩いていた約束の証が、ない。

（落とした⁉）

慌てて周囲を見回していると、「大丈夫？」という声とともに、目の前に探していた錠のペンダントが差し出されていた。

ありがとう、とお礼を言って受け取ろうとして、楽は目を見開いた。

大事なペンダントを差し出していたのは、同じクラスの小野寺小咲だった。

「お、小野寺⁉」

「わ、わりぃ。……あ、ありがとう」

一気に跳ね上がった鼓動を気づかれないように、楽は小咲からペンダントを受け取る。

小咲は左側だけひと束長いアシンメトリーな髪を揺らして「どういたしまして」と少し恥ずかしそうに微笑むと「また教室でね」と言って、先を歩いていた親友のもとへ駆けていった。

その姿を楽は思わず目で追ってしまう。

鼓動はどうにか通常に戻ったが、頬はまだ熱い。それに小咲が拾ってくれた錠も、なぜかほのかに温かみがあるように思える。

「約束の子が、小野寺だったらなぁ……」

十年以上前に再会を約束した初恋の女の子。

この錠を持っていれば、きっとまた会える気がして、片時も離さずに持っている。

(あの初恋みたいな恋を小野寺とできたらなぁ)

淡い気持ちを小咲に抱いて早数年。しかしいまだ距離を縮めることのできていない楽は、錠のチェーンを首にかけると教室へ急いだ。

この日のHRはいつもよりざわついていた。

理由はこのひと言につきる。

「はい、今日は転校生を紹介します。喜べ男子、かわいいぞ」

ニッと笑う担任の日原教子に男子たちが「ヒューッ」「やったー」と歓声をあげる。

しかし小咲にこっそり見とれていた楽にとってはどうでもいいことだ。いかに周囲に気づかれず見つめるかが最優先であって、それ以外のことは二の次……と思っていたのに、背中をバシバシと叩かれては無視できず、面倒そうに振り向いた。

うしろの席から楽を叩いていたのは、メガネの奥で期待に目をキランキランと輝かせる友人・舞子集である。

「ついにオレにも恋の予感がするぜ、二代目！」

「その二代目ってのやめろ、集」

集は楽にとって大事な友人だ。楽の家族がきわめて個性的であることを知っても変わらず付き合ってくれる希有な人物。ただし、女の子とお近づきになりたがるクセには、少々ついていけない。

楽が集に文句を言っていると、教室にさらなる歓声が響いた。

今度は男子だけではない、女子からも「キレー」「かわいー！」という黄色い声が飛んでいる。

どうやら転校生が教室に入ってきたようだ。

「はじめまして」

転校生が教壇にあがり、挨拶をする。

「桐崎千棘と申します。ニューヨークから転校して参りました。父はアメリカ人、母は日本人で……」

「あ――っ!! さっきの暴力女！」

と、声をあげたのは楽だ。

(見間違えるはずねぇ、あの金髪！)

教壇に立っていた転校生・桐崎千棘は、父親がアメリカ人というだけあって優しく光を放つような金髪を腰まで伸ばし、頭の高いところで赤いリボンを結んでいるのがアクセントになっている。白い肌に、青い瞳が美しく、長い手足は華奢で、簡単に折れてしまいそうだが、校門を軽々と飛び越えた足に間違いない。

楽の剣幕にクラスメイトたちは「え？」「暴力……？」「知り合い……？」とひそひそと話し始める。

「あなたさっきの……」

千棘が困ったように顔を歪めた。その様子に隣にいたキョーコ先生が、千棘と楽を見比べて言った。

「なんだ、知り合いか？」

「さ、さっきちょっとぶつかっちゃって……」

「ちょっとぉ!?」

ぼそぼそと言い訳する千棘に、楽はさらにズカズカと近づいて自分の顔を指さした。

「こっちは飛び膝蹴りモロにくらったんだぞ!? 見ろ、この傷！」

「だからちゃんと謝ったじゃない……！」

「どこがちゃんとだ、こっちは気絶しかけたっつーの！」

楽がギロッと睨むと、千棘もギリッと歯を噛みしめた。青い眼の奥には強い意志が宿っている。

（まるで私が悪者みたいに……そりゃ確かに悪いことしたなぁとは思ってる！　でも!!　新しい学校では家業がウワサにならないように、おとなしいタイプで通そうと思ってたのに、なんでいきなり怒鳴るのよっ！）

千棘はキッと楽を睨み返す。大きな声で自分の意見を言えば通るとでも思っている目の前の男に、怒りがこみ上げた。

「大袈裟よ、あなた血圧が低いだけじゃない？　白いし細いし、もやしみたい！」

「もやし⁉」

千棘の予想外な反撃に楽も頭に血が上る。

「だったらお前は……ゴリラ女だ！」

「ゴリラ⁉　誰が……！」

千棘は怒りにまかせて楽の襟元を摑んだ。

「誰がゴリラよっ！」

「なっ⁉」

突然のことに楽はまったく無防備だった。そして次の瞬間、宙を飛んだ。

ドゴォォと派手な音を立てて教室のうしろの壁に激突し、千棘に投げ飛ばされたと知ったのは、保健室のベッドで目覚めてからのことだった。


散々な目にあったその日の夕方、楽が家に帰ると、一征が玄関で待ち構えていた。

「待っていたぞ、楽」

「……？」

一征は「こっちだ」と言うと楽を連れて屋敷の奥へと進んでいく。

「おめぇ、ビーハイブってギャングは知ってるか？」

「ギャング？　……ああ、〝シマ〟を荒らしてるっていう」

楽は竜之介の言葉を思い出して相づちを打った。

ちなみに〝シマ〟とは、集英組が裏から支配している地域のことを指す。この業界においては〝シマ〟を自分たちのルールで管理することが大事であり、それを乱すよそ者は、排除すべき敵となる。

「二週間前にニューヨークから進出してきた巨大組織でな。ウチとは対立関係なんだが、ちと厄介なことになった」

立ち止まった一征が、廊下に面した襖を少しだけ開け、中を見ろというそぶりを見せる。

楽がのぞくとそこは組の男たちが使っている部屋で、いかつい男たちがのんびりたむろして……否、体中に生傷を作った男たちが傷の手当てをしながら、「ドスもってこい！」「抗争じゃあ！」「お礼参りだ！」と息巻いていた。まさについさっきギャングたちとひと波乱あった様子。

これまでにない殺気だった家族たちに楽はぎょっとして一征を振り返ると、一征は「わかったか？」というようにそっと襖を閉めた。

「このままじゃ全面戦争は避けられんだろう」

「戦争⁉」

「血で血を洗う戦争よ。関東全土が血の海に沈む」

重々しい一征の言葉に、楽は全身の血の気が引いた。

この業界で言う戦争は比喩ではない。多くの血が流れることは必至だ。

楽の頭の中で、銃弾でボロボロになったこの町がリアルに想像できた。

竜之介が「討ち入りじゃあ!」と叫びながら日本刀を振り回す姿も、それに向かってギャングたちがマシンガンをぶっ放す様子も。

さらにその銃弾の嵐にたまたま居合わせてしまい、倒れていく小咲の姿も……!

瀕死の小咲が、最後の力を振り絞って自分の名を呼ぶ。

『い、一条……くん……』

「小野寺――!!　…………って、ダメダメダメダメ!!」

楽は激しく首を振って、最悪のシナリオを脳から消し去った。

「おめぇも血の海で横泳ぎしたかねぇだろ?」

「あたりめーだ!　てか横泳ぎなんてしたことねぇし!　何とかなんねぇのかよ!」

楽が言うと、一征はすっと背を向け、また屋敷の奥へと進み始めた。

「ひとつだけ手はある」

「マジか!?」

「しかもお前にしかできねぇことだ」

「やるよ、それ！」

楽が間髪入れずに言うと、一征が足を止め、肩越しに振り向いた。

「やるって言ったな？」

「お、おう……」

楽は思わず怯（ひる）んだ。振り向いた一征がどういうわけか、笑みを浮かべていたからだ。

（いや、あれは笑みっつーか、ほくそ笑んだっつーか……）

なぜか背中に寒いモノを感じながら楽が一征を見つめ返していると、一征は視線を前に戻し、歩きだす。

「実はオレと向こうのボスは古い仲でな。オレもヤツもなんとか抗争は避けたいが、若い衆の起こしたイザコザの手前、そう易々（やすやす）と引き下がることはできねぇ。そこでひとつ策を練った。向こうにもおめぇと同い年の娘がいるんだが……」

一征はまた足を止めて振り向くと、重々しく言った。

「お前、その子と恋人になってくれ」

「……はい？」

「『はい』って言ったな？」

「言ってねーし！」

楽は今回も間髪入れずに言った。いったい何がどうしてどうなると恋人になるという選択肢が出てくるのか、さっぱりわからない。

これについて一征が言うところでは、

「二代目同士が恋人同士なら若い連中も抗争を自粛（じしゅく）するだろう」

……という目論見（もくろみ）によるものらしい。

（んなムチャクチャな！）

楽が混乱をしているうちに、ふたりは屋敷の最奥の応接間に着いていた。

一征が襖に手をかけて言う。

「なに心配はいらねぇ、フリだけで構わねぇから」

「いや、だから！」

楽は突拍子もないことを言う父親に抗弁しようとしたが、それより先に一征は応接間の襖を開けていた。

「紹介するぞ。ビーハイブのボス、アーデルトとその娘、桐崎千棘ちゃんだ」

「‼」

楽は目眩がした。いや、むしろここでこそ気絶したかった。

応接間にいたのは、金髪で長身の男と、今朝自分に膝蹴りをかましてきた女。

（こいつが――⁉）

と目を見開いたのは千棘も同じだった。

同じクラスでしょっぱなから恥をかかせてくれた男と、なんでこんなところで再会するのか。

言いたいことで頭がいっぱいでかえって何も言えなくなっているふたりに、一征はにこやかに告げた。

「いいか、今日からお前たちはニセコイだ」

「ニセコイ……？」

ようやく声を出せたふたりが同時に言い、同時に睨み合った。そんなふたりの様子に気づいているのか、気づかないフリなのか、一征はやはりにこやかに言った。


「ニセモノの恋人、略してニセコイよ！」


「いやぁぁぁぁぁぁぁ――――！　ムリムリムリムリ！」

一征の高らかな宣言に、楽と千棘の悲鳴が重なる。

「コイツだけは無理！」

と楽が言えば、

「血の海を横泳ぎしたほうがマシ！」

と千棘が言う。

しかしふたりの剣幕に対して、父親たちはまるで見合いを成功させた仲人（なこうど）のような穏やかさで、

「お嬢ちゃん、オレと発想が同じだな。それに美人だ」

「知り合いなら話は早いね。楽君もなかなか好青年じゃないか」

と、若いふたりの様子に満足している。

「もやし！」

「ゴリラ！」

楽と千棘が朝の口げんかの続きを再開し始めた、まさにそのとき。

ドォォォォンと大きな爆発音が響いた。


何事かと慌てて楽と千棘が爆発音のもとへ急ぐと、そこは庭の一角だった。

すでに駆けつけていた竜之介とその配下のものたちが「どういうつもりだぁ！」と侵入者たちに怒声を発している。彼らの足下には、庭師が丁寧に仕上げた芝生をごっそりとえぐった窪地。そして、窪地を挟んで竜之介たちと対峙している黒服に身を包んだ侵入者たち――ビーハイブの構成員らが殺気を隠さずに並んでいた。

黒服たちの中心に立つのはひときわ目を引く銀髪の男。その隣には男物の制服に身を包んだ美青年とみまごう少女がその細い体には似合わない、ぶっといバズーカを軽々と抱えて立っている。

「クロード、それにつぐみまで……！」

千棘が小さくつぶやいたとき、銀髪の男・ビーハイブの幹部クロードが口を開いた。

「ビーハイブのひとり娘を誘拐するとは、大した度胸だな……！」

「なに訳わかんねぇこと言ってやがるんだ！　人んちの庭で随分なめた真似してくれるじゃねぇか！」

ふたりが言い終わらないうちに、ビーハイブは銃を、集英組は日本刀を、サッと構え、ジリジリと距離とタイミングをはかり始める。

（くそっ！　全面戦争なんて起こさせるかよ!!）

楽が咄嗟に両者の間に止めに入るため駆け出そうとした矢先、

「フリーズ！　クロード、銃を下げなさい！」

凛とした声が響き、一同の視線は声の主をもとめて庭に面した部屋へと集まった。

そこには縁側に立つアーデルト、隣には一征の姿があった。

「ボ、ボス……」

「組長(オヤジ)……」

クロードや竜之介が戸惑いを隠せないまま、微妙に手を下ろしたのを見計らって、今度は一征が口を開いた。

「おめぇら、よく聞け！　うちの楽と千棘ちゃんはな……」

ギロリと一同を睨(ね)めつける一征の気迫に、誰もが息をのみ、次の言葉を待った。


「ラブラブの恋人同士なんだ！」

一瞬の静寂。続いて、

「えぇぇぇぇぇ！！！？？？」

「Reallyyyyyyy!?（意味：マジですか!?）」

裏社会で凄(すご)みをきかせてきた男たちは、生まれて初めて通常よりも一オクターブは高い声で驚愕(きょうがく)し、楽と千棘に注目した。

「本当ですか、坊っちゃん！」

「嘘ですよね、お嬢⁉」

幾つもの質問と視線が楽と千棘に突き刺さる。

（親父ぃぃぃぃぃ‼　何てこと言うんだぁぁぁぁ‼）

楽は心の中で叫ぶがもう遅い。だって目の前にはドス（短刀）とチャカ（銃）を持っているまにも戦い合おうとしている人々がいるのだ。こんなの平和を盾にして脅されているようなものだ。

迷いながらも視線を隣に向ければ、ギャングの娘も同じことを考えていたようで、ふたりは目が合ってしまった。

瞬間、ふたりは悟った。


これはもう、やるっきゃない。

「そ、そうなの！　ね、ダーリン！」

「そうだね、ハニー！」

ふたりは必死に笑顔をつくり、考えうる最大限の仲良しアピールをする。

（オレのハニーは小野寺なのに！　いや妄想内でもハニーなんて呼べなかったけど！）

楽は心の中で嘆くが、すぐにこんな演技で身内を騙せるのか気になった。

そぉっと周囲を見回すと、ヤクザとギャングたちはあんぐりと口を開け、ボトボトボトと手に持っていた危険な武器を落とした。

楽が「おや？」と思った直後、

「うぉぉぉぉぉぉ!!」

庭にいた男たちは歓喜の声をあげた。

「坊っちゃんについに彼女がぁぁぁぁ！！！」

「お嬢もそんなお年頃にぃぃぃぃ！！！」

両陣営の男泣きの声が荘厳な日本庭園に溢れ、ついには「めでてぇめでてぇ」と踊りだす有様。

「お前ら、ふたりが恋人同士でいる間は抗争は禁止だ！　いいな!?」

「わかりましたね？」

一征とアーデルトが念押しすると、男たちは「へーい」「Ｙｅａｈ！」と野太い声で返事をし、国境と矜持を超えた歓喜の踊りの輪は収まる気配がない。

そんな盛り上がりの中、ひとり冷たいまなざしの男がいた。

クロードである。

「…………」

彼の射るような視線の先には、引きつった笑顔の千棘と肩を並べる楽の姿があった。

いつもの楽であれば、クロードの視線に気づいただろう。

しかし、偽りとはいえ恋人ができてしまった状況に楽は乾いた笑いを浮かべ、これが夢であることを祈るので精一杯だった。

もちろんこれは夢ではない。

この日、一条楽と桐崎千棘は恋人同士になった。

注：ただしニセモノ。

翌日の朝、寝起きの楽は玄関に立つ千棘を見て目を見張り、その言葉に固まった。

「お、おはようダーリン。今日ヒマ？　デート行かない？」

「は？　なんでせっかくの休みをお前なんかと……ぐぅっ！」

千棘から強烈な一発を腹にくらい、楽は思わず体を折り曲げる。その隙に千棘は楽の耳元にささやいた。

「恋人同士なら休日はデートしますよね、ってクロードが」

「⁉」

千棘が視線で『外を見ろ』と指示してくるので、痛みをこらえて顔をあげると、門の向こうに隠れているクロードともうひとり、昨日バズーカを持っていた少女が見えた。

あの少女の名前が『鶫誠士郎』ということは、昨日のうちに千棘の父であるアーデルトから聞いている。男装してはいるが性別は女で、クロードの右腕として働く有能なヒット

マンなのだそうだ。

そのふたりが、じっとこちらの様子を窺っている。

鶫はクールな表情で感情は読みとれないが、クロードの視線には明らかな疑いの色と、

『お嬢にまとわりつく蝿を始末したい。いますぐ始末したい！』という殺意が見えた。

（やべぇぇ……）

楽はさっと姿勢を正すと、一世一代の演技で笑顔を作った。

「オ、オレもちょうどデートに誘おうとしてたんだよ、ハニー！」

楽の笑顔に千棘が「よくできました」というように頷き、すうぅぅと熱の冷めた声で言った。

「じゃあ着替えてきてよ。レディの前で寝間着ってどうなの」

「お、おう……」

千棘の冷静な指摘に、楽は急いで部屋へと戻った。

繁華街（はんかがい）へやってきた楽と千棘はげっそりとした。

はじめは適当に時間を潰（つぶ）して家に戻れば誤魔化（ごまか）せると思っていたのだが、それでは許されない事情ができた。

ふたりの様子が気になってしょうがない集英組の組員やビーハイブの構成員たちが、街中の至る所に隠れて、こちらの様子を窺っているのだ。

「おふたりの愛をお見守りしやすぜ」という生温かい視線が、痛かった。

もはやデートするしかない状況になってしまっている。

「なんでこんなことに……！」

千棘が呻くように嘆いた。

その気持ちに楽も百パーセント同意だった。

「あんた、男なんだからエスコートしなさいよ」

「んなこと、急に言われたって……」

ぼやく楽だったが、ハッと思いつく。

デートの計画ならば、これまで何度となく妄想してきたことだ。

小野寺とデートしたら、おいしくて内装もかわいいと評判のパンケーキ屋さんに行こうと決めていた。

甘い物が好きな小野寺なら、きっと喜んでくれる！

さらに優しい小野寺なら、はにかみながらも、ひと口サイズに切ったパンケーキをフォークにさして、

『一条君……その、えっと……あ〜ん！』

「なにニタニタしてんのよ、あげないからね」

妄想にひたっていた楽はハッと我に返り、うっかり「あ〜ん」待ちをして開けていた口を慌てて閉ざした。

パンケーキ屋さんに来たのはいいが、つい現実逃避に走ってしまったようだ。

というのも、

「なにこれ、マズッ。量も少ないんじゃない？　まぁ、見た目はまぁまぁだけど」

憧れ(あこが)のシチュエーションを千棘に酷評(こくひょう)されては、妄想の世界に逃げたくもなるというものだ。

文句を言いながらもガツガツとパンケーキを食べる千棘に楽はため息をつく。

（小野寺の反応とは違いすぎだろ……）

「お前なぁ、もうちょっと女子らしく……」

楽が文句を言うと、千棘がムッとして睨み返してきた。

「あんたこそ店のチョイス、イマイチなんじゃない？」

「なっ⁉　この店はなぁ、オレが必死にリサーチしてようやく……！」

思わず身を乗り出して文句を言おうとする楽の目の前で、千棘がさっと顔色を変えテーブルの下で楽の足を蹴った。

「ッテ〜〜！　なにすん……ん？」

抗議する楽に千棘が視線だけで「外を見ろ」と促(うなが)してくるので、渋々と店の窓を見遣(みや)る。

パンケーキ屋さんは大通りに面して建っており、大通り側の壁は一面ガラス張りになっ

ているので、外の景色がよく見え……。

「ひっ！」

小さく悲鳴をあげた楽はサッと視線を窓から外した。

窓ガラスにクロードが張りついていたのだ。

まるでトカゲのごとく張りつき、疑い深くこちらを凝視している。

（バレてる⁉）

次の瞬間、楽の脳裏にマシンガンを乱射しながら店内に乱入してくるクロードの姿がありありと見えた。

ババババババッと乱射される弾丸によって、窓は割れ、壁は崩れ落ち、客たちが悲鳴をあげる。さらに騒ぎに勘づいた竜之介たちが「抗争じゃっ」と乗りこんできて、事態はますます悪化。鶫もバズーカをぶっ放し、その砲弾の向かう先にはなぜか小野寺の姿が！

『い、一条くーん！』

『小野寺――！』

楽が悲愴（ひそう）に叫ぶ目の前で、爆炎があがった……。

（って、ダメダメダメ！　んなことさせねぇよ！）

最悪の想定までした楽は、ぶんぶんと妄想を振り切るように頭を振ると、キッと千棘を見つめた。

千棘もまた決意の表情で楽を見つめると、

「ダ、ダーリン、はい、あーん」

ひと口で食べるにしては大きいサイズのパンケーキをフォークにさして、楽へと突きだした。

楽は大口を開けてパンケーキにかぶりつき、

「お、おいしいよ、ハニー」

と、緊張のあまり味のしないパンケーキを咀嚼して答える。

そのやりとりを数回繰り返していると、クロードは小さく舌打ちをして窓から剝がれた。

パンケーキ屋さんを出たふたりは、仕方なく映画館へと向かった。

もう少しデートらしいことをしなくては周囲が納得しなさそうだからだ。

「せーの！」

映画館のポスターの前でふたりは声を合わせ、観たい映画を指さした。

楽は動物映画、千棘はアクション映画を指さしていた。

「動物映画を観て、いたわりの気持ちを学べ！」

「あんたこそ強い男を見習いなさいよ」

改めて意見や趣味の合わないことを再確認するふたりが睨み合ったとき、すぐ近くでパン！と炸裂音が響いた。

「⁉」

まさか銃声⁉　と、ぎょっとして音のほうを見ると、ポップコーンマシンがポップコーンを作っていた。

（なんだ、ポップコーンの弾けた音かよ……あれ⁉）

妙なものを見た気がして、楽は改めてポップコーンマシンを見つめ、驚愕した。

ポップコーンを作っているのは変装したクロードだった。

しかも隣でポップコーンを売っているのは売り子に変装した鶫だ。ふたりとも黙々と作業をこなしながらも、視線はこちらに向けたまま外さない。

楽はさっと視線を逸らした。千棘も気まずそうに目を逸らしている。

「と、とりあえず折衷案で、アレはどうだ?」

と言って楽が指さした恋愛映画のポスターに、千棘も反対することなく素直に頷いた。

恋愛映画は封切りからしばらく経っていたようで、客席は閑散としていた。

(空いててよかったよ、まったく……)

暗闇の中、楽は隣に座る千棘を横目で見た。

上映が始まって五分。千棘はぐっすりと眠っていた。

(女子だからって、恋愛映画が好きってわけじゃないんだな……)

そんなことを思っていたとき、前の座席に座っていた人影がぐるりと振り向いた。

（やべ、寝息うるさかったか⁉）

楽が謝るべきか迷っていると、

「お嬢を退屈させるな」

「⁉」

振り返ってたどたどしい日本語で文句をつけてきたのは、黒ずくめの男・ビーハイブの構成員だった。

気づけば前列は全員ビーハイブの構成員で占められており、その全員がこちらを振り返っている。

「なっ⁉」

楽が思わず声を出してしまうと、今度はうしろから肩を叩かれる。

（まさか……）

嫌な予感がしながらも振り向くと、そこには竜之介をはじめ組員がずらーっとうしろの席を占領していた。

「坊っちゃん、坊っちゃん……！」

竜之介がわくわくとニヤニヤの混ざり合った顔で、スクリーンを指さす。

スクリーンではまさにキスシーンが映し出されていた。

「⁉　ムリムリムリ……！」

楽が首を振ると、前列のギャングたちが「ああん？」という顔で楽を睨んでくる。

まさに前門の虎（とら）、後門の狼（おおかみ）である。

（マジ、無理だから！　キスとか、そんなの……！）

楽が心の中で悲鳴をあげたとき、千棘の頭が楽の肩に寄りかかった。

「⁉」

館内の男たち全員が息をのむ。

「お嬢が自（みずか）ら……！」

「坊っちゃん、据（す）え膳（ぜん）食わぬは男の恥ですぜ……！」

小声の声援が前後から飛び交う。

楽はますます逃げられなくなった状況に冷や汗が噴き出した。

（どうするどうする⁉　なんとかしねぇとまた抗争の流れに……）

楽は解決策を求めて、改めて千棘を見つめた。

そして気づく。

千棘はとてもキレイな女の子だった。

出会いが出会いだっただけに気にとめてもいなかったが、こうして至近距離で見つめると、整った顔だちも肌の白さも、普通の女子とは違う。

（けど、キレイだからってキスできるわけじゃねぇよ！）

楽が再び懊悩（おうのう）に顔を歪めたとき、パチリと千棘の目が開いた。

「ジロジロ見てんじゃないわよ、このエロもやし！」

言葉とともに飛んできた拳（こぶし）に、楽は悲鳴をあげた。

「まったく人の寝こみを襲うって、どういう神経⁉」

「だから、あれはお前がこっちに傾いてきたんだっての！」

遊歩道を歩きながらふたりは口論となった。

楽が殴られたあと、そのまま映画を観る雰囲気でもなくなり、ふたりは映画館をあとにしていた。

映画館を出ると、ギャングも組員たちも蜘蛛(くも)の子を散らすようにどこかへ姿を隠してしまった。彼らなりに楽を煽(あお)ったことを多少は反省したのかもしれない。

「もぉ、あんたのせいで大恥かいたじゃない！」

フンッと千棘が髪を揺らしてずんずんと歩いていくと、その行く手を塞(ふさ)ぐように人影が現れた。

「なに……？」

訝(いぶか)しげに千棘は目の前の人影――三人組の男たちを見つめた。

男たちの年齢は楽たちより少し上ぐらいだろうか。やけにサイズの大きな服をだぶつかせて着ている。そんな若者たちのうちひとりが千棘への距離を一歩、縮めた。

「ＹＯ、ＹＯ、おネェちゃんＹＯ！　彼氏とケンカ？　俺たちゃナンパ、イケてる俺にせ

いへんか⁉」

ラップ調に軽快に謳いながら、ぐいっと千棘の肩を抱きよせる。千棘の形のいい眉が険しく寄った。だが、千棘より先に口を開いたのは楽だった。

「おい、嫌がってんだろ」

楽は千棘と若者の間に割って入ろうとするが、

「俺たちゃこの娘とお話し中！　ハナからお前なんかアウトオブ眼中！」

別の男があざ笑いながら楽をドンと勢いよく押しやり、楽は遊歩道に尻餅をついた。

「！　あんたたち、いい加減に……！」

千棘が肩に置かれた男の腕を振り払い、力をためるように拳を引く。

そんな千棘の腕をぎゅっと握る手があった。

楽だ。

「やめとけ」

「！」

立ち上がった楽は千棘の腕を放し、手を握り直すと、

「行くぞ」

　と、走り出した。

「ちょ……！」

　千棘は振りほどこうと腕を引くが、楽の握力は意外に強く振りほどけない。

（なんなのよ……！）

　千棘が不満げに楽の顔を見ると、その横顔はいつになく真面目で、千棘は何も言えずに腕を引かれるまま走った。

　一方、呆気にとられて残されてしまった男たちは、

「ヘイメーン！」

　怒気を含んだ声で叫び、あとを追いかけようとした……のだが。

　ダン、ダン、ダンッ！

　短い打撃音とともに、あっという間に地面に倒れ伏した。

　目を回す男たちを冷たく見下ろすのは、一瞬で男たちをのしてしまった鶫である。

　その隣に立つのは、憤怒の炎を燃やすクロードだ。

「お嬢に手を出した罪は死よりも重いこと、教えてやれ……！」

鶫は黙って頷く。

彼女にはわかっていた。

千棘を助けに入ろうとした矢先に楽が連れ去ってしまい、一瞬出遅れた自分への怒りと、お嬢の手を引いた楽への怒りと、そもそもの原因である雑魚どもへの怒りが三拍子で絡まり合い、クロードの中で怒りの不完全燃焼を起こしていることを。

そして、その怒りを少しでも収めるため、この雑魚どもも半殺しでは済まないだろうということも。

少し離れた公園まで走ってくると、楽はようやく足を止めた。

ふぅと楽が息を吐いたのを見て、千棘がすかさず抗議する。

「余計なことしないでよ！　私ならあんな奴ら秒で……」

「ダセーことすんな！」

「⁉」

意外な剣幕に千棘がちょっと身を引くと、楽は真面目な顔で続けた。

「殴る価値もないヤツを殴れば、お前も同じ土俵の人間だって認めるのと一緒なんだよ」

千棘はハッとして楽を見つめた。

趣味も思考も軟弱なもやしだと思っていた。でも――。

（ちゃんと芯があるヤツなんだ）

少しだけ新鮮な気がして、けれどそれを認めるのはシャクな気がして、思わず視線を落としたとき、楽と繋いでいる自分の手が目に入った。

（手、握ったまま⁉）

千棘の視線で楽も気づいたようで、ふたりは同時に手を放し、気まずくそっぽを向いた。

握られていた手を、千棘は熱を冷ますように隠して振った。

（う〜〜、初めて男の人に手を握られた！　それがこいつだなんて……！）

柄にもなくドキドキしているのが悔しくて、

「……せ、説教なんて、最悪……。帰る」

そう言って、顔も見ずに離れようとすると、楽がまたぎゅっと手を握ってきた。

否、がしっと握ってきた。

「⁉」

「い、家まで送るよ、ハニー」

ぎこちなく笑う楽に千棘が首を傾げていると、楽が顎で「まわりを見ろ」と促してくる。

千棘が周囲を見回すと、あちらの木の陰にギャングが、こっちの遊具の陰に組員たちが、果たして隠れる気はあるのかと疑いたくなるほど丸見えな状態で、こそこそとこちらを窺っている。どうやらいまさらながら戻ってきたようだ。

千棘の顔がひくっと引きつる。それでもどうにか笑顔を作ると、

「も、もう、ダーリンったら優しい！」

仲良しアピールのために繋いできた楽の手を握り返すと、隠れている（と本人たちは思っている）裏社会の男たちは、「おお〜〜」とはしゃいだ声を出した。

（疲れる……）

千棘も楽も心の底から思った。

「学校じゃ恋人って設定は絶対秘密な……！」

「当たり前よ、アンタと恋人なんて生き地獄(じごく)よ……！」

ヒソヒソと小声で話すふたりの険悪ムードには気づかず、もはや隠れることを忘れて喜びのパレードを始める裏社会の男たちの様子は、繁華街でこの日一番目立っていた。

そして、この悪目立ちが原因だったのだろう。

翌日、楽と千棘が教室に入ると、クラッカーと拍手が待ち構えていた。

「おめでとー!!」

集がにこやかな笑顔で楽と千棘を教壇へと誘導する。ぽかんとしてされるがままだった楽は、黒板に書かれていた字に目を剝(む)いた。

〝一条楽♡桐崎千棘　最強カップル誕生！〟

黒板を埋め尽くすほど大きな字で書かれているそれを、高速で瞬きを繰り返して幻(まぼろし)ではないかと疑うが、いくら瞬きをしても字は消えない。

「デートの目撃情報が多数寄せられております」

集が言うと、男子生徒たちが「ヒューヒュー」と煽り、女子生徒たちは「おめでとー」と拍手した。

「ちょ、ま……！」

慌てて周囲を見回した楽の視界に、小咲の姿が映った。

小咲は少しだけ困ったような、でも優しい微笑みを浮かべて楽を見ている。

（違うんだ、小野寺——!!）

楽は慌てて弁明をしようと口を開きかけたが、隣の千棘にぐいっと制服を引っぱられ、仕方なく千棘のほうを振り向く。

「なんだよ、いまこっちは……」

「ねぇねぇ、ダーリン……」

顔を引きつらせた千棘が「窓の外を見ろ」と視線で語る。

一秒でも惜しいのにと楽は慌てながら窓を見て、凍りついた。

窓の外にはクロードがいた。

ただし今回は窓に張りつくのではなく、グラウンドを照らす照明器具を修理する作業員に変装している。高所作業車から伸びた箱に乗っているので、三階にある楽たちの教室も易々と監視できるという寸法だ。高所作業車を操縦する鶫も作業員に変装しているあたり、まさに万全の構え。

用意周到でハイレベルなビーハイブの潜入技術と変装技術に、楽は脱帽する……暇はなかった。

むしろ絶望的な状況に泣きそうだ。

なにしろ千棘が「ダーリン」と呼んだせいで、クラスメイトたちがより盛り上がってしまっている。

「ダーリンって呼ばせてんのかよ～。ラブラブゥ！」

集が茶化す声を遠くに聞きながら、楽はクロードと小咲を見比べ、心を決めた。

「……ラブラブなわけねぇだろ……」

絞り出すように言う楽に、千棘が慌てて小声で「ちょっと……！」と制止しようとするが、それより一瞬早く楽は宣言した。

「超ラブラブだっつーの!!」

晴れやかに言い、両手でハートマークまで作ってアピールする楽に、クラスメイトたちは盛大な拍手と歓喜の声をあげた。

「結婚おめでとう!」

「末永くお幸せに〜」

とかなり気の早いお祝いの言葉が飛び交う中で、

「お似合いだね、おめでとう」

と小咲がにこやかに祝ってくれたのが、楽にとって一番痛手であった。

お祝いムード一色の教室から屋上へと避難したふたりは、登校したばかりとは思えない疲労感にぐったりと座りこんだ。

「神よ……何という試練を……！」

半泣きで愚痴(ぐち)る楽に「泣きたいのはこっちよ！」と千棘が抗議する。

しかし文句を言い合ったところで事態が変わるわけではない。

ふたりは黙ったまま、光合成でエネルギーをつくる植物のように屋上の日差しをその身に受けていた。

やがて、少しだけ気力を取り戻した楽がぽつりと言った。

「……誰かひとりくらいには、ホントのこと言わねぇ？」

「え？」

「バレそうなときにフォローしてもらえるっていうか……お前も信頼できる友だちに話しとけば、いろいろと安心だろ」

話しながら「これはかなりいい案かも」と楽には思えた。集に話しておけば、なにかと心強い。それに可能ならば小野寺にも話して、誤解を解いておきたい……！

けれど、千棘の返事は突き放したようにそっけなかった。

「そうしたきゃ、勝手にすれば」

と言うと、さっさと屋上を出ていった。

「なんだ、アイツ……？」

楽は戸惑ったように千棘のうしろ姿を見送る。

突き放す言葉とは裏腹に、一瞬だけ見えた寂しげな横顔がやけに気になった。

授業が始まってしまえば、ふたりも自然と距離を保つことができる。

そして距離を取ったことで、見えてくることがあった。

まずはビーハイブの潜入能力の高さだ。

なにしろクロードは次々と変装しては千棘の周囲に現れるのだ。

体育のときはともに汗を流す女子生徒。

ランチタイムには昼食をサーブする執事。

ときには教師となって堂々と授業をするなど、どういう許可を取って潜入しているのか計り知れない。

（護衛の域を完全に超えてるだろ……）

放課後、今度は警備員に扮（ふん）しているクロードを見つけた楽は内心ため息をつく。

たまたま通りかかっただけなので詳細は不明だが、困りきった顔の千棘のそばでクロードが男子生徒を締め上げているのを見ると、おそらく千棘に声をかけてきた男子生徒を制裁している真っ最中なのだろう。

「お嬢は我々ビーハイブの宝だ。お前にはそれを背負う覚悟があるんだな……⁉」

「た、ただの部活の勧誘です！　も、もうしません‼」

半泣きで走り去る男子生徒を見送り、千棘はげんなりとした様子でクロードを睨むが、クロードはすぐさま警備員になりきり、姿をくらませてしまう。

（大変だな、あいつも）

楽が千棘に気づかれないよう速（すみ）やかにその場を離れようとしたとき、遠巻きに見ていた女子生徒たちの会話が耳に入った。

「住む世界が違うよね……」

「桐崎さんは特別なおウチの子だから」

本人に聞こえないようにヒソヒソと話しているつもりなのだろうが、敬遠する視線と気持ちは届いてしまうものだ。

「…………」

千棘は寂しげに眉を寄せ、視線から逃れるように足早に去っていく。

(あいつも、そうなのか……)

楽もその場を離れながら苦しげに唇を噛みしめる。

距離を取って見えたこと。もうひとつは、千棘の孤独だった。

誰もいなくなった教室で、千棘はひとりで黙々とノートに鉛筆を走らせていた。

その手がふいに止まる。

千棘の脳裏に先ほどの女子生徒の視線が思い出されたのだ。

ニューヨークでも幾度となく浴びてきた視線だ。ギャングの娘を怖がり、だんだんと離れていく人、人、人……。

(でも、今度こそ友だちを作りたい……！)

千棘は気を取り直すと、手を動かし始める。

「宮本(みやもと)さんは……小野寺さんと仲良しで読書好き……」

口に出しながら書いているのは、クラスメイトのプロフィールだ。

少しでも会話のきっかけにしたくてノートにまとめることにした。どんな些細(ささい)なことでも相手のことを知っていれば、長くおしゃべりできる。そうすれば少しずつ距離を縮めることはできるはず。

自分の境遇を嘆くくらいなら、それを変える努力をする。

千棘はそういう女の子だった。

「手伝ってやろうか？」

「!?」

突然、背後からかけられた声に千棘はガバッと上半身を伏せてノートを隠した。

そろり……と振り向くと案の定、楽が立っている。

(まさか、いまの独り言聞かれた⁉)

千棘がドキドキしながら楽を見つめていると、楽は言った。

「友だち、ほしいんだろ?」

(聞かれてる――!!)

千棘はカァァァと顔を赤くし、もはや隠しても遅いと開き直って上体を起こした。

「わ、笑いたきゃ、笑いなさいよ……!」

いたたまれない気持ちでいた千棘だったが、楽は意外にも冷やかしてくることはなく、

「これ、使うか?」と一冊のノートを差し出してきた。

「え?」

「オレもそういうの作っていたんだよ」

照れくさそうに言う楽からノートを受け取り、開いてみるとそこには几帳面(きちょうめん)な字でびっしりと生徒たちの趣味嗜好(しこう)が書かれていた。

驚いて顔をあげると、楽はやはり照れくさそうに微笑んでいた。

「一年のときのだから、いまのクラス全員分とはいかないけどさ」

「…………」

「オレもお前も、普通が特別で特別が普通で、うまく言えねぇんだけど……気持ち、少しだけわかる」

「一条……」

千棘にも楽のこれまでが手に取るようにわかった。

極道の息子ということで、ずっと遠巻きにされてきたこと。

それでも、楽なりの努力でちゃんとした高校生活を送れるようになったこと。

（やるじゃん、こいつ……）

千棘はなんだか嬉しくなった。

自分と同じ悩みを抱いていた人間が他にもいると知るのは、とても心強いことだった。

けれど、それを口にするのはちょっと恥ずかしい。だから——。

「そこまで言うなら、手伝わせてあげてもいいけど？」

だからわざと高飛車(たかびしゃ)に言うと、

「ホント、かわいくねぇな。お前って」

楽は苦笑いし、千棘を手伝うために椅子(いす)に座ったのだった。

それから数日、千棘は友だちノートの書きこみを増やすばかりで、誰にも声をかけられずにいた。
「変なところで臆病(おくびよう)だな」
と楽は思ったが、口には出さなかった。本人が勇気を出してきっかけを作ろうとしているのは見てとれたし、友だちに話しかけて、もしも嫌な顔をされたら……と不安になる気持ちもわかったからだ。
だから代わりに「小野寺とか宮本とか、いいヤツだから仲良くなれると思う」とアドバイスすると、千棘は目を輝かせてノートに書きこんでいた。

そんなある日の放課後、事件が起きた。

掃除当番が千棘の机を運んでいるときに、友だちノートが机から落ちてしまったのだ。

運悪く、落下の衝撃でノートは開いてしまい、詳細に書かれた生徒たちのページが露(あらわ)になった。

「うわ、住所まで書いてある！」

ノートを拾った男子生徒が思わず声をあげると、周囲にいた生徒たちもわらわらと近寄ってきてノートをのぞきこんだ。

「これ誰の？」

「桐崎さんのだよ。机の中から出てきてさ」

「やべー、めっちゃ調べてる！　俺ら、殺されんじゃね⁉」

男子生徒たちが色めき立つと、騒ぎに気づいた女子生徒たちも近づいてきて、ノートは回し読みされていく。

ちょうどそのタイミングでゴミ捨てから戻ってきた楽は、はじめはクラスメイトたちのざわつきに首を傾げるだけだったが、発端が友だちノートだと気づくと慌てて止めに入ろ

うと駆け寄った。

だが楽が取り返すより早く、ノートを手にしていた生徒がポトリ、と落とす。

教室にいた生徒たち全員が、教室の戸口を見て、固まっていた。

戸口には凍りついた表情で立ち尽くす千棘の姿があった。

気まずい空気が教室を包む。

ノートを勝手に見てしまった罪悪感と、ノートに書かれていた内容の不気味さから、誰もが動けない。

そんな中、千棘は唇をぐっと噛み、ノートを拾おうと教室へと入る。

しゃがんで拾おうとしたとき、別の手がそっとノートを拾い上げた。

大事そうにノートを手にしたのは、小咲。

小咲は千棘にふわりと微笑んだ。

「友だちになろうとしてくれてるんだよね?」

「!」

千棘の瞳が不安げに揺れる。

小咲はノートのほこりを優しく払うと、そっとページを開いた。

「誕生日とか、好きなモノを調べてくれてるから。あのね、うちは和菓子屋だけど、洋菓子のほうが好きなんだ」

と言うと、小咲は自分の名前が書かれているページに〝ケーキが好き〟とペンで書きこんだ。

「え……」

千棘が目を丸くしていると、小咲の隣に並んだ宮本るりが、

「私は読書が好きだけど、中でも英文学。桐崎さん、ニューヨーク育ちなんでしょ？　今度、オススメの小説を教えてよ」

サラサラと小咲から受け取ったノートに書きこみながら言った。

「う、うん、もちろん……！」

驚いたままだった千棘が嬉しさを噛みしめるように微笑み、子どものようにコクコクと頷く。

その笑顔を見れば、千棘が真剣に友だちを作りたいと願っていたことは明らかだった。

書き終えたるりが「あんたも書いたら」とそばにいた男子生徒にノートを差し出すと、少し戸惑いながらも男子生徒は受け取った。

「みんなも、書こうよ?」

小咲が優しく呼びかけると、気まずい空気は薄れて、ノートは次々と生徒たちの手に渡った。

「カラーペン使っていい?」

「誤解してごめん……」

千棘も次々と話しかけられ、そのひとつひとつに丁寧に答えた。

それがひと段落したとき、千棘は意を決した。

緊張した面持ちで小咲に向き合うと、震える声で言う。

「……友だちに、なってくれる……?」

「もちろん」

小咲は笑顔で答え、隣のるりも笑顔で頷く。

「あ、ありがとう……!」

千棘は喜びから全身が火照(ほて)るようだった。こんなぽわぽわとした感情は生まれて初めてだ。そんなとき、視界の端に楽の姿が映った。

楽はノートに書きこんでいくクラスメイトたちを離れて見守っていた。

その口元には笑みが浮かんでいる。

まるで自分のことのように嬉しそうに微笑んでいる姿が、千棘には印象的だった。

その夜。

千棘は自分の部屋で書き足された友だちノートを丁寧に見直していた。

ページをめくっていた手が小咲の名を見つけて止まる。

千棘はペンを取ると、書き足した。

〝とっても優しい子〟

大切に書いた字に満足し、次のページに視線を移すと〝もやし〟と書かれた項目が目にとまる。

「ま、ついでだし」

と千棘はつぶやくと、〝もやし〟の項目にペンを走らせた。

〝意外といいヤツ〟

Chapter2

ホウモン

友だちノートの一件以来、千棘と小咲とるりは急速に仲良くなった。学校でも一緒におしゃべりをする姿がよく見られるようになり、おかげでこっそり小咲を見つめていた楽も、いまでは堂々と見つめることができる。

(彼女が友だちといるのを見てるのは変じゃねえもんな、ニセモノの恋人だけどさ……)

楽なりの理屈があるのだが、正当性が認められるかどうかは若干怪しいところだ。

やがて教室に担任の日原教子が入ってくると、千棘たちはおしゃべりをやめ、他の生徒たちと同じように席に戻った。

教壇にあがると、キョーコ先生は言った。

「はーい、転校生を紹介するぞー」

第一声からいきなりのビッグニュースに生徒たちがざわつき始める。特に楽のうしろの席の集は、

「季節はずれの転校生、今度こそオレにも恋の予感が……!!」

と早くも夢見がちなことを口走っていた。

「じゃ、入って」

キョーコ先生が戸を開けると、しずしずと女子生徒が教室へ入ってきた。

続いて黒スーツに身を包んだ女性が音もなく入ってくる。

生徒たち全員が「なぜ付き添いが?」と謎のふたり組を見つめた。

集まる視線を一身に受けた女子生徒は花の飾りをつけた長い髪を揺らし、しとやかにお辞儀をした。

「橘万里花(たちばなまりか)と申します。どうぞよろしく」

ふわりと微笑(ほほえ)む万里花はまごうことなき美少女で、関心事が〝謎〟から〝美少女の転校生〟にシフトした男子生徒たちが「フォ———!」と喜びの声をあげた。

一方、謎の付き添いの存在にたまりかねたキョーコ先生が、万里花の背後でやけに姿勢よく佇(たたず)む女に声をかける。

「えっと、あなたは……?」

「警視庁の本田(ほんだ)です」

女は短く答えると、目礼し、すぐに視線を正面に戻してしまう。

――なぜ、警視庁のＳＰがここに？

むしろ謎が深まってしまった返答に、戸惑う空気が流れる。しかし本田はさらなる説明はせずにそのまま沈黙し、代わって万里花がにこやかに説明した。

「ボディガードです。私(わたくし)の父は警視総監ですの」

またも予想外な返答に、教室内は「ほぉ～」とざわめいた。

キョーコ先生ももはや質問をする気は失せたようで、「じゃ、橘の席は……」と教室を見回した。つられて万里花も教室内を見渡し、突然ぱっと花がほころぶような笑みを浮かべた。

「やっと、やっと見つけましたわ！」

万里花は目に涙を浮かべ、軽やかに教壇を降りると机の間を抜け、意中の相手――楽に抱きついた。

「楽様！　私と結婚してください！」

「はぁ⁉」

楽が裏返った声をあげ、慌(あわ)てて万里花を引き離そうとする。しかし万里花はぎゅっと抱きついたまま放さない。そんな彼らのうしろでは「オレの恋の予感が……」と集が肩を落とすが、なぐさめる者はなく、ましてや万里花は気にもとめずに怒濤(どとう)の勢いでしゃべりはじめた。

「父の力に頼らず、下のお名前だけを手がかりに、日本全国津々(つつ)浦々(うらうら)を探してまいりましたの……！」

「ど、どどどどちら様⁉」

「まさかお忘れですの？　十一年と一七二日前、病弱で塞(ふさ)ぎこんでいた私に、楽様が優しく絵本を読んでくださったあの日のことを！」

「⁉」

楽はぎょっとして、顔をよく見ようと、ひっついている万里花の体を押し離した。

〝絵本〟という単語が、約束の女の子を思い出させたのだ。

しかも万里花の体が離れる一瞬、その首元にペンダントのチェーンが光っているのを目撃する。

（まさか、こいつがあの約束の女の子——⁉）

楽がまじまじと万里花を見つめると、万里花はうっとりと頬を染め、がばっと楽の肩に顔を寄せて抱きしめてきた。

「楽様……！」

「うわぁっ、ちょ、はなっ！」

「放しなさいよ！」

突然、割りこんできた声に、万里花はゆっくりとそちらへ振り向いた。

「い、一条は私と付き合ってるの！」

と言って仁王立ちしているのは、もちろん千棘である。

千棘が素早くアイコンタクトで、「廊下を見ろ！」と伝えてくるので、楽がさっと廊下を見遣ると、そこには通りがかりのチアダンス部員に変装した鶫がこちらを冷徹に監視していた。

しかも鶫の眼差しは明らかに疑っている。

そして疑っているのは、鶫だけではない。

「一条？」

万里花はすぅぅと目を細め、千棘を値踏みするように見つめた。

「名字で呼ぶなんてよそよそしいですわ。おふたりは本当に恋人同士なんですの？」

もっともな指摘に楽と千棘の肩がギクリと震える。すると、万里花が「そうでしたの！」

といかにも理解できたというように声をあげ、楽をうっとりと見上げる。

「もしかして、私にヤキモチを妬かせようと？」

「はい？」

斜め上の解釈に楽が間抜けな声で返事をした。

「だって、こんな野蛮そうな子を本気で愛するわけありませんもの」

「はいぃ？」

野蛮呼ばわりされた千棘は、怒気を含んだ返事をする。

「楽様、私の愛をこんな形で試さなくても、私の想いは……」

「ほ、本気で愛してる！」

「……！」

鶫の視線を痛いほど感じた楽が叫ぶように言うと、万里花は大きく目を見開き、ふらりと倒れた。

「あぶなっ……！」

楽が手を伸ばすよりも早く、いつの間に万里花のうしろに現れたのか本田が彼女の体を優しく抱き留める。

目を閉じていた万里花が、うっすらとまぶたを開けてボソリとつぶやいた。

「一番好いとっちゃけ……」

「ちゃ、ちゃけ……？」

聞き慣れぬ言葉に楽が鸚鵡返しすると、本田に支えられながら再び立ち上がった万里花は瞳に強い光を宿して教室全体に響き渡る声で宣言した。

「うちが一番楽様のこと好いとっちゃけ！　誰にも渡さん！」

おとなしそうな外見からは予想もできない威勢のいい博多弁と語気に千棘も、そして小咲もドキッと圧倒される。

もはや楽に収拾のつけられる状況ではなかった。

代わりに騒ぎの終止符を打ったのはキョーコ先生である。

「はい。じゃあHR(ホームルーム)は終わり。橘さんはそこの席。本田さんは教室のうしろにいて。じゃあ、授業の準備して〜」

どんな状況でも平常心を取り戻すことのできるキョーコ先生の導きで、生徒たちは授業の準備に入った。

ほっとして席につく楽であったが、狙(ねら)い澄(す)ましたかのように後頭部をバチンッと叩かれ、怒りとともに背後の席へ振り向いた。

「イッテ！　おい、集なにす……!?」

振り向いた楽は目を疑う。

そこに座っていたのは、集の制服を身につけたクロードだった。

集はどこへ……と思った矢先、教室のうしろにあった掃除用具入れのロッカーから身ぐるみをはがされ、ぐるぐる巻きにされた集が転がり出て、教室内が新たなざわめきに包まれる。

その騒ぎに紛れ、楽がクロードに連れ出されるのを千棘だけが目撃していた。

屋上に着いたクロードは殺意を隠さずに楽を睨みつけた。

「どういうつもりだ！　お嬢というものがありながら……！」

「オレだって驚いてるんだよ！　つーか、その前に服を着替えろ！」

「……そうだな」

クロードはどこから取り出したのか、いつものスーツに素早く着替え、脱いだ制服をきちんと畳んで、屋上の隅に置いた。

「あとでクリーニングして返却しておく」

メガネを指先で押し上げて言うクロードに、（変なところで律儀だな……）と楽は心の中で思った。

改めて楽と対峙したクロードは、いきなり楽の胸倉を摑みあげた。

「いままでずっと見てきたが、私には貴様とお嬢が本物の恋人だとは思えん」

「ほ、本当に付き合ってるって！」

「お嬢を愛するということがどういうことか、わかっているのか？　お嬢はビーハイブの宝だ！　お前にはそれを背負う覚悟があるんだな⁉」

「！」

ギリギリと締め上げてくるクロードに、楽はふつふつと怒りが湧き上がった。

千棘を愛しているかと問われれば、答えはＮＯだ。

だが、クロードに愛を説かれるのはお門違い（かどちがい）だと叫びたい。

クロードの過保護が千棘をどれだけ孤独にしたか、楽は身をもって知っている。

そんなヤツに愛とか覚悟だとか、言われたくない。

だって人を好きになるということは――！

「それ、関係ねぇだろ……」

「なんだと？」

かなりきつく締め上げているにもかかわらず、睨み返してくる楽にクロードは眉をひそ

めた。

楽は自分の胸倉を摑む手をぐいっと引き離し、叫んだ。

「ビーハイブとか集英組とかそんなのは関係ねぇ！　オレは、ただの桐崎千棘が好きなんだよ！」

楽の考える、人を好きになるときの覚悟――それは、自分の好きという気持ちを誤魔化さないこと。

そして大事にすべきことは相手の気持ちで、家柄などは二の次だ。

――という気持ちをこめて叫んだつもりの楽だったが。

（ん？　なんかオレ、すっごいこと言っちゃったんじゃ……）

叫んだおかげでかえって冷静になれた楽は、自分の言葉を反芻し、青ざめた。

そろりとクロードを見遣ると、冷徹な眼差しのクロードと目が合った。クロードはすっとメガネの位置を直すと、

「お前がそこまで言うのなら……私を倒して、その愛情を証明してみせろ！」

「!?」

楽が反射的に飛び退くのと、クロードが銃の引き金を引くのは同時だった。

「逃げるな！」

クロードが続けざまに発砲しながら怒鳴る。

「逃げるに決まってんだろ！」

楽は慌てて屋上を飛び出し、校舎内へと急いだ。

校舎ならば少しは控えるかと思った楽だが、うしろを振り向き驚愕する。

クロードは銃を二丁に増やし、楽めがけて発砲してきたのだ。

楽が廊下を曲がると、ダダダダッという銃声とともに、激しい弾痕がすぐうしろの廊下にできあがった。

「おい！　ここ学校だぞ！」

「お前の愛はニセモノなのか！」

かみ合わない会話と激しい発砲を繰り返しながら、ふたりは校舎内を走り回った。

（くそっ、下手うつと他の生徒まで……）

楽が焦燥にかられながら、階段を駆け下りていると、突然足元に現れたぴんっと張った

ロープに足をひっかけた。

「おおっ⁉」

楽は体勢を崩してもんどりを打ち、走っていた勢いもあって階段の踊り場の窓から外へ飛び出した。

なんで、と最後のあがきで振り向くと階段の隅でロープを張る鶫が見えた。

続いて「待て！」と窓から外へと身を躍らせるクロードの姿も。

（だからなんで一緒に外に出るんだよ！　死ぬ気か⁉）

クロードの脅威よりも落下していく恐怖が勝り、楽は目をつぶった。

次の瞬間、プールに大きな水しぶきがあがる。

ふたりが落下した窓は、屋外プールの上に面していたのだ。

もちろんプールに落ちることを知っていたクロードは、すぐさま水面に顔を出した。周囲を見回し、楽を探す。

楽はプールに浮かび、気を失っていた。

「軟弱者め……。立ち向かう勇気のないお前を、私はお嬢の恋人とは認めない」

クロードはプールサイドにあがり、楽を残して歩きだす。

そのとき、誰かがプール出口の扉を開けて走ってくる音が聞こえた。

何気なく見遣って、目を見張る。

「お嬢……」

走ってきたのは千棘だった。千棘はクロードに目もくれず、きれいなフォームでプールへ飛びこむと、楽を救いだした。

楽が目を覚ますと、そこは保健室のベッドの上だった。
もう放課後なのか、窓から夕日が差しこんでいる。
(プールに落ちたんじゃ……？)
疑問に思いながらも首を回すと、保健室内に張った洗濯紐に濡れた制服を干している、体操服姿の千棘が目に入った。

「お前……？」

楽がはっと身を起こすと、千棘は横目でちらりと見ただけで、制服を干す手を止めずに言った。

「放っとくのも変でしょ、一応彼女で通ってるんだし……」

口調はいつも通りだったが、声音（こわね）がいままでになく優しいことに楽は気づく。

千棘も申し訳なく感じているようだと解釈した楽は、気にするなという思いをこめて、わざと茶化した声で返した。

「マジで桐崎と付き合うヤツって大変だよな」

「……千棘でいいよ」

「え？」

きょとんとして千棘を見つめると、振り向いた千棘は照れているのか、少しうつむいている。

「呼び方。名字で呼び合うの、怪しまれたでしょ」

「ああ、アレか……」

万里花の指摘を思い出した楽は、少し居住まいを正した。いざ女子の下の名前を呼ぶとなると、本当に久しぶりでちょっと気恥ずかしかったからだ。

「じゃあ……千棘」

名前を呼ばれた千棘は、顔をあげ、やわらかく微笑んだ。

「……楽、ありがとね」

そう言って、千棘はベッド脇のスツールに腰掛ける。

何に対する礼なのかわからずにいる楽に、千棘は「ほら、クロードに……」とまで言ってもじもじと言葉を濁す。

千棘が教えてくれないので仕方なく楽は自分で記憶をたどり、ハッとした。

（まさか……屋上のやつ聞いてたのか⁉）

楽は顔から火が出るような恥ずかしさに、思わず布団の中に隠れたくなった。

しかしアレを聞いていたのなら、タイミングよく自分をプールから救い出してくれたのにも合点がいく。

うわぁぁぁぁぁ……と内心悶えてうつむいていると、千棘が口を開いた。

「……嘘でも、あんなふうに言ってもらったの初めてだから」

「そりゃ……本当のこと言ったら、戦争になっちまうし」

「うん、わかってる。でも……」

ありがとう、というように千棘は微笑み、「それ」と楽の胸元を指さした。

「ずっと握りしめてたけど、そんなに大事なの？」

千棘が指さしたのは、楽のペンダントの錠だ。プールに落ちたとき、落とさないように無意識に握りしめていたようだ。

楽はそっと錠を手のひらにのせた。

「子どもの頃、旅行先である女の子と会ってさ。結婚の約束をして鍵のペンダントと分け合ったんだ。顔も名前も思い出せねーけど……持ってればまた会えるんじゃねぇかと思ってな」

「顔も名前も忘れるなんて、バッカじゃないの？」

「仕方ねぇだろ、六歳のときのことなんだし」

「でも、そういうロマンチックなの、嫌いじゃないよ」

楽は思わず千棘の顔を見つめた。

開けられた窓から、夕方の風が流れこんでくる。

そよ風に金色の髪をかすかに揺らして、オレンジ色の夕日に彩られた千棘は優しい笑みを浮かべていた。

(もっとバカにするかと思ったのに……)

いままで知らなかった千棘の一面を、楽は新鮮に感じた。

それから制服が乾くのを待ち、学校を出て家路を歩きだすと、千棘が思い出したように言った。

「今度の日曜、小咲ちゃんと期末テストの勉強会するの」

「小野寺と⁉」

「友だちノートのお礼に、楽も勉強会の仲間にいれてあげてもいいけど?」

「えぇー⁉　オレも⁉」

段々と声が大きくなっていく楽に、千棘が眉をひそめた。

「なに、嫌なの?」

「嫌じゃないけど……」

「けど、なによ」

「小野寺が好きなんだ」

とは、言えない。

楽は「なんでもねえよ……」と言葉を濁し、話題を変えた。

「でも、よかったな。友だちできて」

「うんっ！」

千棘は嬉しそうに頷くと、ニヤリとイジワルそうな笑みを浮かべ、

「あとは、このもやしっ子と別れられれば完璧なのにね」

「同感ですな、ゴリラ姫」

ふたりは憎まれ口を叩きながら歩く。

その姿を盗み見る人影があることに、気づくはずもなかった――。

日曜日。勉強会は楽の家で行われることになった。

当初は小咲の家が予定されていたのだが急遽(きゅうきょ)無理になり、千棘は自分の家がギャングだとバレることを恐れたため、苦肉の策で楽の家となったのだ。

（つーか、これじゃバレるに決まってるだろ……）

自宅の門前で千棘を迎えた楽はため息をついた。

千棘の背後には、彼女を守るためにやってきた黒服姿のギャングたちがずらりと並んでいる。

もちろん楽の背後にも竜之介(りゅうのすけ)をはじめとする組員たちが並んでいる。

ニセコイの協定があるため、両陣営とも手出しはしないが、鋭い眼光で睨み合っているので、とてもこれから勉強会が行われるようには見えない。

どうしよ、これ……と楽と千棘が引きつった笑みを浮かべていたとき、遠くからパトカーのサイレンの音が聞こえてきた。

サイレンはどんどん近づいてくる。しかも音の数から複数台のようだ。

（まさか……ウチ⁉）

そのまさかである。

荘厳な日本家屋の門前に、数台のパトカーが停車した。続いてバラバラッと機動隊らしき装備の警官が車から降り、集英組とビーハイブというふたつの裏社会陣営に対峙するように並んだ。

裏社会の男たちも、すぐさまザッと構えをとる。

まさに一触即発と思われた矢先、この状況にそぐわない声が響いた。

「楽様――‼」

しとやかにパトカーを降り、にこやかに手を振るのは万里花である。

「橘⁉」

「どうしてあんたが来んのよ！」

千棘の指摘に、万里花は指先で口元を隠してにんまりと笑う。

「桐崎さんに遅れは取れませんもの」

何を隠そう（もはや隠さずとも察しておられただろうが）、楽と千棘の勉強会についての会話を盗み聞きしていたのは、万里花だったのである。

「勉強会、よろしくお願い致します！！！」

集英組、ビーハイブ、そして警察官の面々が野太い声で一斉に挨拶(あいさつ)をする様子は壮観であった。

そんな中、

「ごめーん、遅れちゃったー」

遅れたことに気を取られるあまり、強面(こわもて)の男たちに気づかずに楽たちのもとへ駆けてきた小咲こそ、この場で一番の強者(つわもの)に違いない。

楽の部屋に移動した四人は、テーブルを囲んでテスト勉強を始めた。

ふだん勉強には集中するタイプの楽だが、今日は違う。ノートや教科書の文字を追いながら、隣に座る小咲のほうをついつい見てしまう。

(小野寺がオレの部屋に……! こんな幸せがあっていいのだろうか!!)

楽が幸せを噛みしめている目の前で、さっそく勉強に飽きた千棘が、ぱたんとノートを閉じた。

「ちょっと、休憩しよー。小咲ちゃんって、好きな人いないの?」

「え?」

「ハ、ハハハ、ハニー! 友だちの前だからって浮かれすぎだぞ!?」

聞かれた小咲よりも動揺した楽が慌てて止めに入るが、

「だってずっとしたかったんだもん、友だちと恋バナ」

と千棘は口を尖らせて譲らない。

「私は楽様が大好き!」

と万里花がすぐさま言ったが、「あんたには聞いてない!」と千棘は一蹴し、小咲へ期待の視線を向けた。

楽も思わず小咲を見つめ、万里花もにこにこしながら小咲を見るので、全員の視線のプレッシャーに小咲は頰を染めた。

「え……わ、私は……」

小咲は視線をさまよわせ、ちらりと楽を見るとすぐにうつむき、

「いまはそういう人、いないかな……」

と、恥ずかしげに答えた。

（いないのか……それって喜んでいい、のか……？）

複雑な心境の楽とは違い、千棘は初めての恋バナに「きゃー、そうなんだー」と楽しげに相づちを打つ。

「できたら教えて！　絶対応援する！」

「う、うん、ありがとう……」

少しだけ戸惑ったように微笑む小咲の様子に、楽は「おや？」と首を傾げる。

（小野寺、なんか困ってる？）

歯切れの悪さが千棘の勢いに圧されたせいには思えなくて、楽が眉をひそめたとき、

「あー、なんか暑いですわ〜」

と言って、万里花が楽と小咲の間に割りこんできた。

パタパタと手扇でておうぎあおぐ万里花に「お前なぁ……」と楽は注意しようとして、止まる。

万里花は手で風を送りながら、反対の手でブラウスの胸元をつまみ、パタパタとしていたのだ。

本人は胸元を強調するつもりなのだろうが、おかげで首にかけているチェーンのペンダントトップが見えた。

それは可憐かれんな小さな花の形をしていた。


(ということは、橘は約束の女の子じゃない……!)

楽はひとつ疑問が解け、すっきりしたようながっかりしたような半々の思いを抱えて、屋敷の隅にある蔵くらへとやってきた。

白壁に瓦屋根かわらやねの年代物の蔵である。

楽と一緒に来た千棘が蔵を見上げてぼやく。

「なんで客の私までお茶を取りに行かされるのよ」

「どうせオレらをふたりきりにでもしようとしたんだろ」

勉強会の途中でいきなり「蔵にとっておきのお茶が！」と呼びに来た竜之介を思い出し、楽はやれやれと肩を落とす。

蔵の鍵を開け、中へと足を踏み入れたときだった。

背後からいきなり押され、楽と千棘は蔵の中へ倒れこんだ。

「いって〜⁉」

なにごとかと振り向いた目の前で、蔵の扉が閉まり、鍵のかかる音が響く。

「あっしらにできるのはここまでです！　スタンドアップ、坊っちゃん！」

「竜之介⁉　おいっ、待て‼」

楽は慌てて扉に張りつくが、竜之介や手助けした手下の男たちのすたこらと走り去って行くうしろ姿が隙間（すきま）からかろうじて見えるだけだった。

（あんの馬鹿（ばか）野郎どもが〜〜〜！　はじめから閉じこめるのが狙いで！）

楽は蔵の扉をガチャガチャと動かしてみたり、力の限り扉を引っぱるが、年代物とはい

え、しっかりとした造りの扉はびくともしない。

「誰か、いないのかー！」

小窓から叫んでみるが、竜之介があらかじめ人払いしているらしく、応(こた)える声もない。

「ダメか……。悪いな、ウチのもんが余計な……！」

楽は息をのんだ。

千棘が、うしろから抱きついてきたのだ。

「千棘⁉」

「……このままで、お願いだから」

いつになくか細い声に、楽はまたも息をのむ。

「わ、私だって好きでやってんじゃないんだから」

震える声で千棘は言い、「こわくないこわくない……」と小さな声で自分に言い聞かせている。

「まさかお前、千棘のくせに暗いとこダメなの⁉」

返事はなかったが、こくこくと小刻みに頷いているのが背中の感触で伝わってくる。

あまりにも必死な様子に楽は気の毒になり、なにか元気づけることでも言ってやろうと振り向くと、千棘と視線が合った。

千棘は目に涙を浮かべていた。

初めて見る千棘の涙に、楽はドキリとする。

（な、なんだ、ドキリって⁉）

焦りながらも千棘から目が離せない楽だったが、その揺れる瞳から涙がこぼれそうになったとき。

「お嬢――――っ‼」

耳慣れた声とともに、すさまじい衝撃音がして蔵の扉が蹴破(けやぶ)られた。

ズドンッという重たい音をたてて扉が床に倒れ、ほこりが舞う。

「お嬢、クロードが助けに……Reallyyyyyyyyy⁉（意味：嘘だろ⁉）」

蔵の中に突入してきたクロードは眼前の光景に気を失いそうになる。

なぜなら、床に横たわった大切なお嬢の上に、憎き小僧が覆(おお)い被(かぶ)さっていたからだ。

「これはお前がいきなり入ってきたから！」

驚いて倒れてしまった結果なのだと、楽が説明する前にクロードは失神し、地面にぶつかる寸前で鵺に支えられる。

鵺は沈黙のまま楽と千棘を一瞥した。

千棘は恐怖がピークに達したらしく、まっさきに気を失っている。けれども鵺たちの位置からは、千棘が恥じらって顔を背けているようにしか見えない。

「…………」

鵺は視線を逸らすと、まるで何も見なかったとでもいうようにクロードを抱えて立ち去った。

(無反応は、無反応で怖いんだけど……!)

楽が鵺の去ったほうを見たとき、その先に口を覆って衝撃を受けている小咲と万里花の姿が見えた。

「あ、あの、これは……」

楽が慌てて弁明をしようとするが、万里花はそれを遮って叫んだ。

「あんまりですわーっ!!」

万里花は涙を拭うのも忘れて、走り去っていく。

残された小咲も頬を染め、ぎゅっと目をつぶると踵を返した。

「お邪魔しました……」

「違うんだ！　こ、これには深い事情が——！」

楽の空しい叫び声が蔵の中に響いた。

Chapter3

エンゲキ

自室のベッドに横たわっていた小咲は、携帯のSNSの通知音に重たいまぶたを開き、けだるげな手で携帯を操作した。

メッセージの主は親友の宮本るりだ。

『少しはショック薄れた？　別に裸で抱き合ってるところを目撃したわけじゃないでしょう？　しっかりしなさい』

〝裸で抱き合ってる〟というインパクトのある言葉に、小咲は思わず携帯を取り落としそうになる。

脳内で、昼間目撃してしまった楽と千棘が重なり合って倒れている光景が、裸ヴァージョンに塗り替えられそうになり、慌てて頭を振ると、るりに返信を打つ。

『るりちゃん、言い方！　裸って……！』

『言うだけなら問題ないでしょ。それとも、諦めるの？』

小咲は携帯の操作を止めて、そっと胸に手を置いた。

『諦める』

その言葉に胸の奥が痛む。

（最近は、痛みに慣れた気がしてたんだけどなぁ……）

楽と千棘が恋人宣言をしたときも、胸がしめつけられるようだった。

でも、悲しい顔をしては失礼だと思って、必死に隠した。

それ以来、ことあるごとに痛みに耐えるようにしてきたけれども、やはり苦しいときはある。

小咲はベッドから起き上がり、机の上に置いた小さな宝石箱を、まるで眠る子猫を撫でるかのようにそおっと開け、中のものを取り出した。

小咲の宝物。それはハートの意匠が施された鍵のペンダントだ。

小咲はペンダントをつけ、鍵のラインに指をすべらせた。

「やっぱり、忘れちゃったのかなぁ、一条君……」

小咲は寂しげにつぶやく。

十二年前に錠と鍵を分け合って誓った約束。

そのすべてを自分はいまも覚えている。

思い出の絵本だって、まだ本棚にちゃんとある。

だから中学で再会したときは、運命だと思った。

けれど楽は昔のことは覚えていないようで、小咲はなにも言いだせなくなってしまった。

もしも、楽が約束を思い出してくれたなら。

そのときこそ、この恋は――。


小咲はぎゅっと鍵を握ると、携帯で返信を打った。

『がんばるよ、るりちゃん。私、まだ諦められない……！』

楽たちが通う高校では、期末テストが終わるとすぐに臨海学校があり、その後、夏休み

が始まる。

臨海学校前の最後のホームルームでは、二学期の文化祭の出し物が話し合われた。

「何かやりたいことがある人ー？」

文化祭実行委員の集が黒板の前でクラスメイトたちに声をかけた。以前から宿題として「出し物でなにをやりたいか考えておいて」と言ってあったのだが、生徒たちはざわつくだけで、具体的な意見を言いだす人はいない。

「ちょっとー、誰かないの〜？」

集が焦れたように言うと、遠慮がちにあげられた手があった。

「え、小野寺？」

集はちょっと意外そうな顔をして、挙手する小咲に「どうぞ」と発言を促す。

楽も珍しい光景に驚いていると、小咲は恥ずかしそうに口を開いた。

「あの……『ロミオとジュリエット』のお芝居とかどうかな……？」

小咲の提案に、楽は息をのんだ。

『ロミオとジュリット』はあの女の子が読んでいた絵本だからだ。

提案を聞いた集は乗り気になったようで、教卓から身を乗り出すようにして言った。

「いいねいいね、で、どんなお話だっけ？」

『ロミオとジュリエット』はイギリスの劇作家、W＝シェイクスピアの作品である。

おおまかなストーリーはこうだ。


とある街に犬猿の仲で、激しい抗争を繰り返すモンタギュー家とキャピュレット家があった。しかしモンタギュー家の息子・ロミオとキャピュレット家の娘・ジュリエットはひと目あったときから、恋に落ちてしまう。

愛し合うふたりは、駆け落ちを計画する。けれども、小さなすれ違いからジュリエットが死んだと思いこんだロミオは、毒を飲んで命を絶ってしまう。さらにロミオの死を知ったジュリエットも、短剣を胸に刺し、ロミオのあとを追う——。


「……というお話なんだけど、どうかな……？」

話し終えた小咲は窺うように集を見て、ぎょっとした。

集は号泣していた。さらに周囲を見回せば、クラスのあちこちで涙をこらえて顔を真っ赤にする者や、洟をすする者などが続出している。

いったいどうしたの⁉　と小咲が慌てていると、集は「なんて悲しいお話なんだ……」と涙を拭った。

「オレは猛烈に『ロミオとジュリエット』がやりたい！　みんなどうよ⁉」

集の熱い呼びかけにクラスメイトたちも「さんせーい！」「異議なーし！」と口々に言って、熱い盛り上がりをみせる。

「これって悲劇の話なのに、この盛り上がりようはなんなの？」

小咲の隣の席のるりが、ぼそりとツッコんだ。

プレゼンをした小咲自身もあまりのクラスの盛り上がりに、なんだか気が引けてきてしまった。

なにしろこの企画は、楽のあのときの記憶を呼びさますきっかけになれば、と思って提案したのだ。

それがあまりにもクラスに受け入れられてしまい、なんだか自分が酷い人間に思えて、

いたたまれなくなってしまう。

（ううう、ごめんなさいごめんなさいっ、みんなの善意を悪用するみたいで……）

小咲が罪悪感に苛まれていると、るりが肩をツンツンと突いてきた。小咲の作戦を事前に聞いていたるりは、「まだやることがあるでしょう」とメガネの奥の目を細めて促してくる。

小咲はふるふるっと首を振ったが、るりは「ああん？」と無言で睨み返してきた。

「がんばるって言ったのは、誰かしら？」

とるりが視線で語る。

（そうだ、がんばるって決めたのは、私だ……！）

小咲は意を決し、また手をあげて「あの、それで私……」と言おうとして、

「ロミオ役は楽様がふさわしいと思いますわ！」

大きくはっきりとした万里花の声に、あっさりとかき消された。

「そしてジュリエット役にふさわしいのは、小学生演劇コンテスト銀賞受賞の私が……」

と、万里花が得意げに話すのを遮って、集が断言する。

「ロミオが楽なら、ジュリエットは千棘ちゃんだろ！」

「話を最後まで聞きんしゃい！」

万里花は鋭くツッコむが効果はなく、クラスメイトたちは「たしかにな～」と集の意見に同意した。

「………」

小咲はしおしおと手を下ろした。隣のるりも「これじゃあ仕方ないわ……」といたわるように小咲の肩をぽんぽんと叩いた。

一方、いつもは小咲の挙動に敏感な楽だが、自分が話題の中心になってしまったせいで、それどころではなくなっていた。

「おい、ちょっと待てよ！　お前もイヤだろ？」

楽が隣の席の千棘に同意を求めると、千棘はまんざらでもない様子で、

「わ、私は、別に構わないけど……」

「マジかよ!?」

どうやらクラスメイトに支持されるのが初めてのことらしく、嬉しくて浮かれているよ

うだ。

楽が呆気にとられていると、集が最終宣言をした。

「よっしゃ、ロミオとジュリエットは最強カップルに決まりー！　臨海学校でもさっそく練習始めようぜ！」

ワーッという歓声とともに拍手がわく。

小咲は一瞬だけ寂しげに目を伏せ、拍手をおくった。

一泊二日の臨海学校へはバスでの移動だった。

バスに乗る前から、千棘は鼻歌を歌うほどご機嫌だった。

「今日はやけに機嫌がいいな」

「だって、クロードの監視抜きなんて初めてじゃない？」

そう言われて、楽は周囲を見回す。たしかに、なにかと変装しては千棘のそばにいたクロードの姿が見えない。

どういう風の吹き回しかわからないが、千棘にとっては喜ばしいことだ。

「よかったじゃねぇか」

「まあね」

ニコニコと答える千棘であったが、宿に到着して表情は一変した。

旅館の玄関では和服姿のクロードが三つ指をついていたのだ。

「皆様の臨海学校を快適なものにすべく、不肖クロード、この旅館を買収いたしました」

クロードの隣で若女将ふうの鶫がぬかりなく頭を下げる。

他にも極めて国際色豊かな従業員たちが旅館のあちこちに見受けられた。

やれやれ……と呆れる楽に、クロードが言った。

「おふたりがお付き合いをしているのはわかりました。よって、これからは……楽様が千棘お嬢様にふさわしい殿方かどうか、見極めさせていただきます」

メガネの位置を直し、不敵に微笑むクロード。

楽は悪寒を覚えてぶるっと震えた。

部屋に荷物を置いた一同は、水着に着替えて浜辺へと繰りだした。

少ない自由時間を活用すべく、楽たちは早速『ロミオとジュリエット』の演技の練習を始める。

練習シーンはクライマックスのロミオとジュリエットが死ぬ場面だ。

仮死状態という設定なのに、ギュッと力をこめて目をつぶっている千棘を抱きかかえ、楽はたどたどしく言う。

「ジュリエット、君は温かく美しいのに、死んでしまったのだね。愛を永遠に……」

〝毒薬〟と書かれたペットボトルを飲む振りをして、「うっ!」と実にわかりやすい絶命を演じて倒れる楽。

その後、目を覚ましたジュリエットこと千棘は、かたわらで死んでいる楽を見ることもなく嘆き始め、

「ロミオ！　私の分の毒薬は残してくれなかったのね。愛を永遠に……」

やはりたどたどしく台詞を言うと、〝短剣〟と書かれた段ボールを手に取って胸に突き立てる……。

「カーッットカットーーー‼　君ら本当にカップル？　もっと台詞にソウルとパッションをこめて！」

メガホンを口にあてた集がダメ出しをすると、楽と千棘は面目なさそうにシュン……とうなだれた。

まずはさぁ……と細かく指示を出し始めた集に万里花が抗議した。

「ちょっと！　カットばっかりでいつまでたっても、私の出番が来ないじゃないですか！」

「大事な場面だ！　バァさん役は下がってろ！」

「なんち言よっとか、きさん！」

ギャアギャアと口論になるのを、衣装係の小咲は苦笑しながら見守った。

楽と一緒に出られないのは残念だったけれど、いまはこの舞台を成功させたいと思っている。

『ロミオとジュリエット』は大好きな物語だし、好きな人たちが演じる舞台にはいっぱい協力したい。

小咲が見つめる先で、練習を再開する前に千棘は入念に集に確認を取っている。なにごとも努力する千棘が、小咲は好きだった。

(千棘ちゃんのためにも、すてきな衣装を作るぞ！)

小咲は気合いを入れて、持参したスケッチブックにふたりの衣装のデザインを描いていった。

そんな健気な小咲に、幸運が訪れたのは夜のこと。

臨海学校恒例の肝試し大会のくじ引きで、楽とペアになったのだ。

「よ、よろしくね、一条君……！」

「お、おう、こちらこそ！」

喜びを押し隠した小咲が引いたくじを見せながら楽に言うと、楽も同じ番号が書かれたくじを見せて答えた。

ふたり組になって肝試しに出発する人々の列に並び、小咲はドキドキが止まらない胸をそっと押さえる。

（一生分のラッキーを使っちゃったかも……）

とドギマギする小咲は、

（神よ――――！　感謝します〜〜〜!!）

と、楽が心の中で叫んでいることは知らない。

やがて列が進み、残すは楽たちと、前に並んでいる一組だけとなった。

前の組がいよいよ出発となったとき、女子が怯(おび)えた声で言った。

「私、怖いかも……手、繋(つな)いじゃだめ……？」

「お、おう、別にいいけど……」

ペアの男子は女子の手をそっと握り、ふたりは雑木林(ぞうきばやし)へと入っていく。

目の前で行われたいきなりの手繋ぎハプニングに、楽たちも否(いや)が応(おう)にもお互いを意識せざるをえない。

「や、やっぱ、肝試しって怖いのかな……」

「や、やっぱ、怖いんじゃないかな……」

「…………」

「…………」

沈黙のあと、小咲は思い切って楽に言った。

「じゃあ、手を……！」

言葉は最後まで言えなかった。

なぜなら、まったく同じ言葉を楽も言ったからだ。

小咲はかぁぁぁと頬(ほお)を赤らめた。もちろん楽も。

ふたりは見つめ合ったまま、手を繫ごうとした瞬間——。

「大変だー!!」

血相を変えて走ってきたのは、集だった。

「どうした、集？」

「千棘ちゃんが消えた！」

「!?」

集の話によれば、千棘とペアで出発したはいいが、オバケに極端に驚いた千棘が走り去って姿を消したというのだ。

肝試しをしている雑木林は広いので、この暗闇(くらやみ)じゃどこを探せばいいか……と焦る集に楽は言った。

「オレ、探してくる……！」

ダッと駆け出す楽を、小咲は呼び止めそうになり、ぐっとこらえた。

雑木林に消えていく楽を見送り、繋げなかった手のひらを見つめる。

（本当に一生分のラッキー、使い果たしちゃってたんだ……）

小咲は切なさを閉じこめるように、手を握った。

千棘の居場所に楽は心当たりがあった。
集が千棘を見失った場所へ着くと、周囲を見回し、できるだけ木々が密集していないほうへと足を進める。

暗闇が怖い千棘のことだから、無意識に月明かりが届いて少しでも明るいほうへ逃げると考えたのだ。

その考えは当たっていたようで、しばらくすると茂みの中にしゃがみこんでいる千棘のうしろ姿を見つけた。

千棘は風に揺れる木々のざわめきも怖いらしく、耳を塞(ふさ)いで目をつぶっている。

「こわくない、こわくない……！」

自分に言い聞かせるように繰り返しつぶやいている千棘の肩を、楽はぽんと叩いた。

「⁉」

びくりと肩を震わせて千棘が振り返る。

「やっと見つけた……」

「どうしてあんたが……？」

「自分でもわからねぇよ。でも、ほっとけないだろ……」

呆然(ぼうぜん)と見上げてくる千棘に、楽が「ほら」と手を差し出す。

肩で息をする楽を見れば、雑木林の中をずっと走って探し回ってくれたことは千棘にもわかった。

「バカもやし……」

千棘は嬉しそうに微笑み、楽の手を取って立ち上がった。

まずは肝試し会場に戻ろうと考えたが、すでに時刻は終了の頃合いだ。仕方なくそのまま旅館に戻ることにした。

旅館に戻ると担任のキョーコ先生から「どこ行ってたんだ！」とお叱りをうけたが、入浴終了時間が迫っていることもあり、すぐに解放された。

楽は急いで大浴場へと向かうと、他の男子たちはもう出たようで誰もおらず、貸し切り状態だった。

広い露天風呂を独り占めにできる幸運に恵まれても、楽にとっては逃した幸運のほうが大きい。

「あーあ、せっかく小野寺と……」

楽は繋ぎそこなった手を思い出し、自分の手のひらを見つめた。

そのとき、バシャンッ！　と大きな水しぶきがたった。いつの間に入ってきたのか、誰

かがお風呂にダイブしたようだ。

「おい！　風呂に飛びこむな！」

「ごめんなさい……!?」

ダイブした犯人が謝りながら湯船から顔を出し、凍りつく。

「うぇぇぇぇぇぇ!?」

露天風呂に楽と、ダイブした犯人・千棘の絶叫が響いた。

慌ててふたりは背を向け、体を隠すように肩まで湯船につかる。

「なんで女湯にいんのよ！」

「違う違う違う！　オレは男湯に入ったんだよ！」

普通ならば「そんな嘘、信じられるか！」と言うところだが、千棘はあっと声をあげ、呆れたようにため息をついた。

「あー……クロードの仕業ね」

おそらく楽を社会的に抹殺しようとでも画策して、男湯と女湯の暖簾を取り替えたのだろう。

そんなことする暇あったら、大事なお嬢が迷子のときに迎えに行けよ、と楽は歯噛みする。しかし、肝試しでクロードが千棘を探しに行けなかったのには理由があった。

というのも肝試しで楽を心底怖がらせ、千棘にふさわしくないことを証明しようと、オバケ役に変装して雑木林でずっとスタンバイしていたのだ。

おかげで千棘がいなくなったことすら知らないクロードは「私をヤブ蚊の餌食にした貴様を許しはしない！　抹殺!!」と息巻いて暖簾を取り替えたのだった。

「てか、呑気につかってる場合じゃないでしょ！」

千棘に急かされるように湯をかけられ、「出る出る、出るよ！」と楽が湯船からあがろうとしたとき、ガラリと浴室の扉が開いた。

入ってきたのは、裸体にタオルを巻いたるり、万里花、そして小咲。

「!?!?」

楽がズザザザザと湯船の中を後ずさると、千棘がさっと前に出て楽を背中に隠す。

え、と目を見張る楽に千棘は小声で言った。

「あんたがここにいるのがバレたら、私までヘンタイ扱いされるでしょうが！　むこう向

いて……！」

「お、おう……」

楽は息を殺し、千棘の体に隠れるように背中をつけた。結果、ふたりは背中合わせで座る格好となる。

（ちょ、おおおおい⁉）

楽は背中に感じる千棘の肌の柔らかさに戦慄する。抱きつかれたこともあったのに、そのときとは違う、もっと繊細な柔らかさだ。

（このままじゃ、いろいろなんかマズい！）

楽がそろ〜っと湯気の中を移動しようとしたとき、

「誰かいるの？」

洗い場にいたるりの声に、ぎょっとして体を強張らせた。

「わ、私だけだよ！」

千棘が咄嗟に楽の頭を湯の中に沈めて隠すと、あろうことか「千棘ちゃん、来てたんだね〜」と小咲たちが湯船に入ってきた。

（逃げ場ねぇぇぇ!!）

湯の中で口と鼻に手をあてて耐える楽。一方、小咲たちはずんずんと湯をわけていって千棘のそばへとやってくる。

「千棘ちゃんってもしかして温泉初めて？」

いつもなら嬉しい小咲との会話も、いまの千棘にとってはヒヤヒヤものだ。

「そ、そうなの！　みんなで背中流しっことかしてみたいな！」

「気が早いですわ。十五分ほどの入浴がデトックス効果になりますのよ」

「十五分!?　し、死んじゃう……」

万里花の提案に千棘は青ざめる。たまには千棘をぎゃふんと言わせたい万里花は、にんまりと笑うと、

「恋も美容も忍耐ですわ。さ、ご一緒に。いーち、にーぃ……」

と数え始めた。しかも小咲とるりも一緒に声を合わせる。

どうしよう……と千棘がこっそり振り向くと、水面にぶくぶくと大量の泡が浮かび上がっていて、楽の限界が近いことを知らせていた。

やがて、水面の泡が止まった。楽の限界が来たのだ。

「!! あーっ、UFO!! アダムスキー型!!」

千棘が今日一番の演技力で夜空を指さすと、小咲たちは「え、どこどこ!?」とそろって空を見上げた。

「ほら、あっち! あの星のあたり……こっちに移った!」

「見えませんわよ?」

わーわーと話す女子たちの背後を、楽は一目散に駆けぬけた。

夜の浜辺は静かだった。
繰り返す波の音を聞きながら、千棘は浜辺を歩いた。
見上げるとニューヨークでは見たこともないような星空が広がっている。
足を止め、星を見上げて無心になろうとするのに、記憶がよみがえってくる。

暗い雑木林で心細くて泣きそうなときに、助けに来てくれた楽。

クロードに反論してくれた楽。

露天風呂で背中合わせになった――。

「～～～～っ!!」

千棘は思い出をかき消すように頭を振った。

風呂上がりのせいか（そうだ、そうに違いない。と千棘は思っている）体が火照るので頭を冷やそうと思って部屋を出てきたのに、ちっとも冷静になれない。同じことばかり考えてしまう。

（これじゃまるで……）

千棘が頬を染めてうつむいたとき、

「さっきはありがとな」

「!?」

目の前に、いままさに思考を占領していた人物・楽が立っていた。

千棘はあわあわとしつつ、平静を装うと空を見上げ、

「……ここまで来たら、戦友みたいなものだし」

と言った。すると楽も笑って同じように空を見上げた。

「確かにな。毎日気が抜けねえもんな」

「でも、このニセコイってのも、案外悪くないかも」

ぽろり、と出た言葉に、千棘自身が慌てる。

(な、なに言ってんの、私!?)

楽も驚いたらしく、目を丸くして自分を見ているのが気配でわかった。

「な、なーんてね、アハハハ……」

千棘はなんとか誤魔化(ごまか)すが、いたたまれなさから楽を見られない。

楽は首を傾(かし)げ、また夜空を見上げた。

月が輝いている。

隣に楽の気配を感じて、千棘の指先が甘くしびれた。

そっと楽の横顔を見つめると、胸がとけるようにあたたかくなる。

「もしさ……」

言葉は自然とこぼれた。「うん？」と空を見たままの楽に、千棘は尋ねる。

「もしも、私たちが本当の恋人同士だったら、うまくいってたと思う？」

千棘は賭けに出た。振り向いた楽を見つめ、返事を待つ。

気持ちが走りだしコントロールが効かない。

いままで抱いたことのない、この感情は、もう誤魔化せない——。


「うまく……うまくいくわけねーだろ」


楽は照れたように千棘から視線を外すと、いつものように憎まれ口を叩く。

「お前はガサツだし、すぐ暴力振るうし、どーせケンカばっかりだよ」

「…………」

千棘の顔から表情が消える。

いままで気にならなかった潮風に髪がべたつき、ずんと重さを増したように感じた。

(傷つくな、これぐらいのことで……！　わかってたことじゃない……こいつにとっては

私は……）

ニセモノの恋人なのだから。

「千棘……？」

楽が訝しんで自分を見つめていることに気づいた千棘は、笑顔を顔にはりつける。

「だ、だよねー、うまくいくわけないよねー……」

千棘は笑顔のまま楽に背を向けると「戻るね」と伝え、足早にその場を去った。

その後、どうやって戻ったのか、気づくと部屋にたどり着いていた。

（こんな顔のままじゃ、小咲ちゃんに心配されちゃう……）

部屋の襖を開けようとして千棘は手を止め、もみもみと頬を両手で揉む。

はたしてうまく笑顔が作れるだろうか、と思案していると襖の向こうから万里花のはしゃいだ声が聞こえた。

「結婚の約束⁉」

え、と千棘が思わず襖の隙間から中を見ると、襖の向こう、布団を敷いた和室には万里花と小咲がいた。

「十二年前、旅行先で会った男の子と、ペンダントを分け合ったの」

と言う小咲の胸元には、小さな鍵のペンダントが鈍い光をはなっていた。

〝鍵のペンダント〟と〝分け合った〟というキーワードが、楽が話してくれたエピソードを千棘に思い出させた。

（じゃあ、楽が探してる女の子って……）

千棘は愕然とする。

部屋からさらに万里花の声が聞こえた。

「なんてロマンチックなのでしょう⁉　いまもその方のことを……？」

千棘はドキリとして、小咲を見つめた。

小咲は少し困った表情を浮かべ、そっと胸元を押さえると言った。

「……好きだよ。でも、その人がいま幸せなら、私はそれでいいの……向こうは、忘れちゃってるみたいだし」

えへへ……と小咲ははにかむ。

けれど、小咲の優しくすべてを許してくれるような声に、千棘の頭は真っ白になって立ち尽くした。


翌朝、千棘はひとりで早めの朝食を取った。旅館の朝食は時間帯が決められているだけで、好きな時間に来て食べていいことになっている。

臨海学校に来る前は、クラスメイトと一緒の食事を楽しみにしていた。

けれどいまは、誰とも顔を合わせたくない。

小咲の話を聞いたあとは一睡もできず、人目を避けるようにして食堂へとやってきた千棘であった。

(十二年前の約束も、約束の相手も、小咲ちゃんは覚えてる……。しかもその人のことがいまも……）

ずしり、と重くのしかかってくる事実に、千棘の箸が止まる。

「千棘ちゃん」

ハッと千棘が顔をあげると、食堂へ入ってくる小咲の姿が目に入った。

よかった、ここにいたのね、と微笑む小咲に千棘は何も言えなくて、こくりと頷くのが精一杯だった。

「あのね、ジュリエットの衣装なんだけど、こんなのどうかな？」

と、小咲は持ってきたスケッチブックを開いて見せた。

白い画用紙にはカラフルなスパンコールが特徴的な衣装のデザイン画が描かれていた。

「これ、小咲ちゃんが……？」

「うん。ここはね、スパンコールをつけるつもり。裾はもっと長くするね。千棘ちゃん、背も高いし、こういうの絶対似合うと思って……」

にこにこと説明する小咲に、千棘は涙がこみあげてくる。

デザイン画は、何度も何度も描き直した跡が見て取れた。しかも千棘をイメージして考

えてくれたのだろう、実に凝ったデザインでオリジナリティに溢れている。

一生懸命にデザインする小咲の姿が目に浮かぶ。

（やっぱり、私は小咲ちゃんが好き……）

けれど、このデザイン画を描きながら、小咲はなにを考えていたのだろう？

ずっと好きだった人が、突然現れた女と恋人役を演じるのを見るのは、きっと苦しかったはずだ。しかも、現実でもふたりは恋人同士ということになっていて……。

（ごめんね、小咲ちゃん。好きな人ができたら、応援するって言っておいて……）

沈黙してしまった千棘の顔を、小咲が心配そうにのぞきこむ。

「千棘ちゃん……？」

「小咲ちゃん、ほんとありがとう……！」

目に涙をたたえて微笑んだ千棘は、ぎゅっと小咲を抱きしめた。

「え!?　わっ、そんなに喜んでもらえるなんて、私も嬉しいなっ」

意味を取り違えた小咲が、あわあわするのを愛おしく感じながら、千棘は心の中で何度も「ごめんなさい」を繰り返した。

ごめんね、ごめんね。もう邪魔者は消えるから——。

Chapter4
ホンバン

夏休み明けの新学期。

文化祭の劇の準備にこれから本格的に取りかかろうとしたタイミングで、ひとつの問題がおこった。

「ジュリエット役を降りたいんです」

千棘が突然、降板すると言いだしたのだ。

放課後、すぐにでも立ち稽古を始めようとしていたクラスメイトたちは、「どういうこと?」「なんで?」とざわついた。

演出の集が慌てて千棘に問いただす。

「ちょ、ちょっとそれ、どういうこと?」

「もともとロミジュリなんか好きじゃないし……最初から私には無理だったのよ」

まるで熱のない冷めた声でそう答える千棘の前に、楽が「待て待て!」と慌てて回りこんだ。

「なに勝手なこと言ってんだよ、じゃあ誰が……」

それは小学生演劇コンテスト銀賞受賞の私が、と立候補した万里花であったが、それについては聞き流され、

「小咲ちゃんがいい」

という千棘の言葉に、誰しもが驚き、指名された小咲を見つめた。

「え……?」

突然の指名に小咲は目をぱちくりとさせる。

「お願い、小咲ちゃん」

「千棘ちゃん……?」

千棘はまっすぐに小咲を見つめた。その訴えるような視線に小咲は戸惑い、理由を聞こうとするが、それより早く千棘は教室を出ていった。

姿が見えなくなると、息をのんで事の成り行きを見守っていたクラスメイトたちは「なんだあいつ」「勝手だな」と非難めいたことを口にしはじめた。

（ほんと、なに考えてるんだ！）

楽はすぐさま教室を出て、千棘を追いかけた。

まるで逃げるように廊下を足早に進む千棘に追いつくと、横に並んで歩きながら激しい口調で抗議する。

「ふざけんなよ、お前！　自分がなに言ってんのか、わかってんのか⁉」

歩きながら責め立てる楽に、千棘は眉ひとつ動かさず、足も止めない。

楽はますますイラッとした。

「急にやめたら、オレたちの仲まで疑われるだろ⁉　バレたら戦争がはじまるんだぞ⁉　なんでいつもそうなんだよ！　ワガママばっか言いやがって、少しは人の気持ちも考えろよ‼」

「嫌なものは嫌なの！」

千棘は足を止め、キッと楽を睨（にら）みつける。

まるで初めて会った頃のような敵意。いや、それ以上に本気で拒絶するような眼差（まなざ）しに、楽は目を見張る。

「別にいいでしょ、私たちどうせニセモノなんだから！」

「なんだよそれ……！」

楽がギリッと歯を嚙みしめる。

〝ニセモノだから〟じゃ、まったく答えになっていない。

けれど、それが千棘の〝答え〟だというのならば――。

（こいつのこと、戦友みたく信じてたのに……！）

裏切られたという怒りが、心にずしりと重くたまり、楽はたまらず言い返した。

「そうかよ、わかったよ……。お前と一緒にいても楽しくなんかなかったし、仲良くもなってない……そりゃそうだよな、だって最初から全部ニセモノだったんだもんな！」

瞬間、バチンという鈍い音とともに楽の頰に熱がほとばしる。

「ッ⁉」

千棘の手が、楽の頰を打ったのだ。

楽はキッと千棘を睨みつけるが、すぐに躊躇する。

楽が見たのは、まるで自身がぶたれたかのように、痛みに耐えて目を赤くする千棘の顔

だった。

楽が思わず声をかけようと口を開くより先に、千棘は振り切るように身を翻して走り去った。

ひとり残された楽は、ぶたれた頬にそっと触れる。

「……なんで……なんでこんなに痛ぇんだよ」

以前、投げ飛ばされたときよりもずっと、いまの痛みのほうがきつかった。

突然のジュリエット役の交代であったが、集の采配と小咲の努力もあり、劇の準備は順調に進んだ。
文化祭が近づくにつれ、劇の成功のためクラスは一致団結し、練習はもちろんのこと、衣装づくり、舞台装置づくり、照明や音響の手配、と精力的に働いた。
そして迎えた文化祭前日。

「いい感じにできてきたよな～」

「そうだな」

と話しながら、集と楽は体育館に組み上げられた舞台装置を眺めた。

客席に突き出すように凸型に作られた舞台は、客席から舞台奥に向かって階段状になっており、高さと奥行きを十分に活用できるようになっている。

「みんなの度肝を抜くような舞台にしねーとな！」

「そうだな」

「なんだよ、乗り気じゃないな」

集が茶化すように横目で楽を見る。

「んなことねーよ」

楽は口を尖らせて反論するが、集は「素直じゃないなぁ」と嘆息する。

「なんだよ、素直じゃないって」

「そのまんまだよ。せっかく愛しの小野寺ちゃんと恋人役を演じられるってのに」

「ちょ、声ひそめろ！」

楽は慌てて集の首に腕を回し、ずりずりと舞台端へと移動する。

「オレは千棘と付き合ってることになってんだよ！　小野寺のことは……その……」

ゴニョゴニョと言葉を濁す楽に、集は「わかってるって」とニマついた。

〝誰かひとり、信頼できる友だちにホントのことを話す〟という提案通り、楽は集にニセコイの事情を説明していた。

千棘がジュリエット役を降りたとき、集はクラスメイトに千棘の印象が悪くならないよう、うまく理由をでっちあげて説明してくれた。一方で楽には「お前ら、なんかあったんだろ？」と何かと気を回してくれたので、そのときに秘密をうちあけたのだ。

抗争抑止のため恋人のフリをするという話を聞き、集は「どうりで」と納得したように頷いた。

楽と千棘の微妙な関係に前から不審を抱いていたそうだ。

その上で「ロミオとジュリエットを楽と千棘に！」と提案するあたり、なかなかの性格である。

本人曰く、「そのほうがおもしろそうだし」ということらしい。

しかも、その一方で楽が小野寺を好ましく想っていることも、集はとっくに気づいていたというのだ。

いつもにこにこ笑顔でいながら周囲をよく見ている人間ほど、恐ろしいものはない。と楽は思った。

「で？　楽しくないのか、小野寺とのロミジュリは」

舞台の端に連れてこられてようやく解放された集は、近くにあった椅子に腰掛けると聞いた。

「楽しいに決まってるだろ！　マジ、小野寺のジュリエット、可憐すぎてヤバイし……！」

「だよなー。けど楽、気づいてるか？　お前、ときどき納得できねぇって顔、してるぞ？」

「え？」

「芝居してるあいだは平気そうだけど、舞台装置が完成したときや、みんなでワイワイやってたとき、ときどきフッと顔が曇る」

「え？　え？　マジで？」

楽は慌てて顔を撫で回す。集に言われたことは身に覚えがなく、まったくの無自覚だっ

たので驚きだ。

「……オレ、疲れてんのかな?」

真顔で悩む楽に、集はなぜか「そうくるか!」と噴き出し、

「どうだろなー? 小野寺と一緒にいすぎて緊張しすぎか?」

「それはある」

と楽がわざとらしく生真面目な顔で答えると、ふたりは笑い合った。

やがて「ともかくさ」と集は椅子から立ち上がる。

「せっかくの舞台で主役の顔が曇ると困るんだよ。次に顔が曇りそうになったら、ちゃんと原因、把握しといてくれな」

「お、おう、努力する……?」

やけに意味深に言う集に返事をしつつも、「自覚ないのに、できるか……?」と不安に思う楽であった。

翌日。文化祭当日は晴天であった。

正門も校舎内も賑(にぎ)やかに飾られ、校庭にはいくつもの屋台が並ぶ。

多くの保護者に交じり、集英組(しゅうえいぐみ)の組員たちも校内を歩いていた。

「坊っちゃんの雄姿、最前列で見逃すんじゃねぇぞ！」

若頭(わかがしら)の竜之介(りゅうのすけ)の声に、あとに続く舎弟たちが「へいぃ！」と返事をする。

一方で、やはりビーハイブの構成員たちも文化祭会場に来ていた。

もちろん先頭を歩くのは、クロードだ。

いつもなら「お嬢はなにもおっしゃらないが、きっとヒロインを演じてらっしゃるはず！」と意気ごんでもおかしくないのだが、今日は珍しく沈黙を守り、かわって他の面々が意気揚々(いきようよう)と大型の撮影用カメラや機材を運んであとについていく。

同じ頃、そんな想定外のお客が集まってきているとも知らず、小咲は控え室としてつか

っている教室でひとり、メイクの仕上げをしていた。

メイクによっていつもと違う印象を覚える自分の顔を、正面に置いた鏡で角度を変えながら確認し、緊張に高鳴る胸からふぅと小さく息を吐いたとき。

鏡の端に千棘の姿が映った。

「千棘ちゃん⁉」

驚いて小咲が振り向く。

千棘は教室の戸口に立っていた。小咲と目が合うと少しうつむき加減に、決意を秘めたような足どりで近づいてきた。

「小咲ちゃんにだけは、本当のことを伝えておきたくて」

「……本当のこと？」

千棘は小咲の前で足を止め、きゅっと一度口を結ぶと、言った。

「私と楽は恋人なんかじゃない。ニセモノの関係だったの」

「‼」

「お互いの家の事情で、親に無理やり、恋人のフリをさせられてただけなの」

小咲は唖然として、千棘を見つめた。突然のことで、しかも予想だにしなかったことで、理解が追いつかなくなりそうだ。

「小咲ちゃん、鍵のペンダントを持ってるよね？　楽はね、いまでもずっと、鍵のペンダントを持っている子を探しているよ」

「!?　じゃあ、千棘ちゃんがジュリエット役を降りたのは……」

「私は、運命の相手同士、本物の恋人になってほしい」

小咲を遮るように言った千棘の言葉に、小咲は息をのむ。

千棘は口の端をあげると、大げさに肩をすくめた。

「大変だったんだから、恋人のフリするの。ほんとバッカみたい……。ジュリエット、がんばってね」

千棘は淡く微笑むと、小咲に背を向けて歩きだす。教室を出ようとしたところで、立ち尽くしていた万里花と出くわしたけれど、千棘は何も言わずにするりと万里花を避けて立ち去った。

ぱっと振り返った万里花は、千棘の姿が廊下の角を曲がって消えるまで見つめた。そして、小さく眉を寄せると視線を教室へと転じる。

そこでは、小咲が呆然(ぼうぜん)とたたずんでいた。

開演前、楽は舞台袖(そで)で最後の台本チェックを行っていた。

(よし、台詞(せりふ)は頭に入ってる！　あとは変なミスさえなけりゃ……)

気合いを入れる楽の耳に、ガシャンと大きな音が聞こえた。

「なんだ⁉」

ぎょっとして音のしたほうへ急ぐと、すでに生徒たちが集まって人だかりができており、その中心には、脚立(きゃたつ)と舞台装置を担当している生徒の下敷きになって倒れている小咲の姿があった。

「小野寺！」

楽が慌てて人をかきわけ、脚立を取り除くと、他の生徒が舞台装置担当の生徒を抱え起こした。

どうやら脚立に上がって作業をしていた生徒が足を滑らして落下し、考えごとをしていた小咲がそれに巻きこまれたようだ。

落下した生徒が「ごめんなさいごめんなさい」と半泣きで繰り返す。

「……大丈夫、平気平気」

小咲は弱々しく微笑むと、助け起こしてくれたるりの手を借りながら、立ち上がろうとして、ガクッとバランスを崩した。

「小野寺⁉」

慌てて楽が声をかけるが、痛みに顔を歪める小咲は何も答えない。

そこへ騒ぎに気づいた担任のキョーコ先生が駆けつけ、小咲の足の様子を丁寧にみていく。少し動かすだけで顔をしかめる小咲にキョーコ先生も眉をひそめ、

「捻挫してるわ……」

と断じた。

捻挫、という響きに、生徒たちが息をのむ。

キョーコ先生は、気の毒そうに小咲の肩に触れ、

「舞台は諦めなさい。いま、保健室の先生を呼んでくるから」

と言うと、すぐに保健室へと向かっていった。

残されたクラスメイトたちは騒然となった。

「主役がいなくちゃ、話にならねーよ」

「でも、あんなに練習したのに……」

「なんとかならないの⁉」

ざわつく生徒たちの中心で、小咲がぽろぽろと涙を流した。

「ごめんなさい……私のせいで、みんなに迷惑を……」

「小咲のせいじゃないよ、小咲のせいじゃない……！」

るりがそっと小咲の肩に手を回して慰める。

楽はかける言葉がなく、それが不甲斐なくて立ち尽くした。

（こんなときまで小野寺はみんなのことを……。オレに、なにかできることは……）

楽が解決策を探して顔をあげたとき、キョーコ先生が保健室の先生と担架を持って、体

育館の入り口から入ってくるのが見えた。

「小野寺、担架きたぞ……っ！」

と言って楽は、息をのむ。

保健室の先生に続き、体育館の入り口に姿を見せたのは――。

「千棘……！」

楽の声に、クラスメイトたちが一斉に入り口に立つ、千棘を見た。

千棘はぎくりっと体を強張らせた。

血相を変えて走るキョーコ先生を不審に思ってこっそりと様子を見に来たのに、まさか一番に楽に見つかるとは。

「私……」

出ていこうとした千棘は、足を庇うように座りこんでいる小咲に気づき、足を止める。

まさか、怪我を……と考えた一瞬をとらえたかのように、集が声を発した。

「そうだ、千棘ちゃんならできる！　頼むよ、やってくれよ！」

「!?　いやよ、絶対にイヤ！」

千棘は頑なにかぶりを振った。

しかしクラスメイトたちは千棘に駆け寄り、「お願い！」「ジュリエットをやって！」と口々に言い始める。

千棘は振り切るように背を向けて、叫んだ。

「イヤだって言ってるじゃない！」

「千棘ちゃん」

「！」

名前を呼ばれた千棘が戸惑うようにそうっと振り向くと、るりに支えられて小咲が立ち上がっていた。

「千棘ちゃん、お願い」

「…………」

小咲の真摯な眼差しに、千棘の顔から強情さが消える。

ゆっくりと頷いた千棘は、顔をあげて楽を見た。

楽も無言で千棘を見つめる。

千棘がジュリエット役を降りて以降、顔を合わせることのなかったふたりが久しぶりに見つめ合ったのは、開演ベルの鳴る二十分前のことだった。

体育館の客席は満員の大入りだった。在校生や保護者、さらにヤクザとギャングが客席を埋めている。

客席側に突き出した舞台の左右に陣取ったギャングとヤクザたちは、互いに睨み合いながらも、「坊っちゃん!」「お嬢!」と開演の前から賑やかに舞台に声をかけることを忘れない。

そして、開演を告げるベルが鳴った。

スピーカーから集のナレーションが流れる。

「血で血を洗う抗争を続けるモンタギュー家とキャピュレット家。それぞれの家に生まれたロミオとジュリエットは、あろうことか恋に落ちてしまいます。これから語られますは、

悲しい恋の物語」

ナレーションが終わると、パッと舞台左右にスポットライトがつき、ロミオの衣装を身に纏った楽と、ジュリエットのドレスを着た千棘が現れる。

「なんと美しい女性なのだ。いままでの恋を恋と呼んでいいのだろうか」

ロミオが遠くに立つジュリエットを称えると、ジュリエットが応える。

「この胸の高鳴りが恋だというの？」

開幕した舞台の袖、ナレーションブースには、集と手当てを受けた小咲がいた。

小咲は祈るように胸の前で両手を合わせ、じっと舞台を見つめる。

「がんばって、一条君、千棘ちゃん……！」

小咲の願いが通じたのか、舞台は滞りなく進み、有名な台詞のシーンとなる。

万里花が扮する婆やの諌めをきかず、夜のバルコニーに登場したジュリエットが切なく言う。

「ロミオ、私の敵はあなたの名前だけ。モンタギューってなんですの？　名前なんて、体のどの部分でもない。あーロミオ、どうしてあなたはロミオなの？」

「ジュリエット、君はどうしてジュリエットなんだ？」

バルコニー下にいるロミオが台詞を受ける。

しかし、ふたりの演技を見た集は、頭を抱えた。

「ダメだ、台詞にソウルとパッションが足りない！」

千棘も楽も台本通り演じているが、まるでぎこちない。いままで散々練習していた楽も、相手が代わったことが原因とは思えないほど、演技が硬いのだ。

なにより、愛し合う恋人同士の役なのに、楽と千棘は目も合わせずにいる。

「いまさら緊張とか、やめてくれよ～？」

ぼやく集の隣で、小咲は祈ることしかできない。

そんな小咲の祈りがまたも届いたのか、それとも必然か、事件が起きた。

「ロミオ、あなたこそ……あなたこそ……あれ？」

千棘が台詞を忘れてしまったのだ。

なにを言うべきかわからず、固まる千棘。

千棘の台詞の途中だったので、楽もフォローができず、止まってしまった役者たちに、

観客がざわめき始める。

その様子に、千棘はさらに焦る。頭はまっ白だ。

どうしたら……と千棘がすがるように楽を見ると、楽は小声で「何でもいいから、早く！」と急かす。急かされた千棘はさらに混乱してしまい、ジュリエットの『あなたこそ……』に続きそうな単語が頭に浮かんだ瞬間、ところてんを突き出すようにそのまま口にした。

「ロミオ、あなたこそ、白くて細くて、まるでもやしのよう！」

「!?」

凍りついたのは楽だけではない。口にしてようやく意味を理解した千棘も、ぎょっとして凍りつく。

次の瞬間、客席からどっと笑い声があがった。

楽は客席から見えないように千棘を小声で非難した。

「なに言ってんだよ、お前！」

「なんでもいいって言ったのアンタでしょ！」

客席に見つからないように、という気配りもなく自分を睨んでくる千棘に、楽もカチンとくる。

「ジュリエット、君こそまるでゴリラのようだ！」

「!? だ、誰がゴリラよ！」

楽の発言に、千棘がバルコニーを飛び降りて詰め寄る。

まさかのロミオとジュリエットの応酬に、客席のあちらこちらから、さらなる笑い声があがった。

しかし笑えないのは、演出担当の集だ。

「あーもう、なにやってんだよ！」

集は文字通り、頭を抱えてテーブルに突っ伏す。しかし、隣の小咲は違った。

「大丈夫」

「え？」

「いつものふたりに戻っただけ。きっとうまくいく」

小咲は舞台から目を離さず、祈るように握った手に力をこめた。

小咲の視線の先では、楽と千棘の言い争いがヒートアップしていく。

「ロミオ様、レディにゴリラだなんて下品なお方！」

「ジュリエット！　あなたこそ、初対面の私にいきなり膝蹴り(ひざげ)りを……」

「そんな昔の話！　ロミオも小さい男だわね！」

ふたりがフンッと顔を背けると、客席からドッと笑いがまた起きた。

その笑い声でようやくふたりは、自分たちがなにをしでかしたかに気づいた。

まずい、と思ってチラリと客席を見ると、大笑いしている集英組の組員とビーハイブの構成員たちの姿が目に入った。両者とも大ウケで笑いまくっている。

(あれ？　もしかしてこのままイケる……？)

楽が千棘を見ると、千棘も同じ思いだったらしく、ふたりは自然と笑みを浮かべて小さく頷いた。

——オレから台本通りに戻すぞ。

——わかったわ。

いままでのぎこちなさが嘘のようにふたりは視線で伝え合い、サッと距離を取り、楽はロミオとして片膝をついてジュリエットの千棘に手を伸ばす。

「ジュリエット、君の瞳の輝きはあの星々でもおよばない」

「おお、ロミオ、ロミオ。私を愛するとお誓いください」

「僕は誓います、あの麗しい月にかけて……！」

「月はカタチを変える移り気なモノですよ……⁉」

楽の胸がドキリと高鳴った。

千棘が浮かべる切なげな表情。ジュリエットの演技とは思えないほどの迫真の表情に、楽は思わず見とれそうになる。

（こいつ、こんな顔もできるのか……いや、違う。こいつはもともと……）

千棘はころころと表情の変わる子だった。

出会ったばかりの頃は、怒った顔しか見せなかった。けれど、

『そういうロマンチックなの、嫌いじゃないよ』

と、鍵と錠の想い出を褒めてくれたときの千棘は、年相応の普通の女の子みたいに笑っていた。

見てきたのは笑顔だけじゃない。

蔵の中に閉じこめられて初めて見た、弱さ。

臨海学校の海辺で見たのはどこか必死で切なげで……。

次々と思い出される千棘の表情と思い出に、楽の胸が熱くなっていく。

「……僕自身に誓います。僕は、アナタを愛し続けます」

楽がロミオの台詞を口にすると、千棘は高鳴る胸を隠すように息をのむ。

ＢＧＭがやみ、舞台が暗転した。シーンが終わったのだ。

すぐさまスタッフが舞台転換のために忙しく行き交った。その中で、楽は呆然と千棘を見つめた。

スタッフたちは訝しがりながら、立ち尽くす楽を避けて通っていく。

見かねた千棘が声をかけた。

「なにやってんのよ、早くはけて」

「ああ、わりぃ……」

楽は自分でもわからない衝動に首をひねりながら、舞台袖に戻った。

暗転が開けると、次のシーンはロミオとジュリエットの結婚式だ。

神父が白い衣装に着替えたロミオとジュリエットに厳(おごそ)かに言う。

「憎み合い、争いを続けてきたモンタギューとキャピュレットだが、ふたりの結婚が、両家の対立をいさめるだろう。ロミオ、ジュリエットへの永遠の愛を誓えるか？」

「誓います。永遠の愛を……」

楽がまっすぐに千棘を見つめる。

千棘は胸が熱くなった。

たとえ嘘(うそ)でも、その言葉が嬉(うれ)しいと感じてしまう自分がいる。

押し殺してきた想いが、どうしてもよみがえってしまう。

「……私もあなたに、永遠の愛を誓います」

誓いの言葉を交わしたロミオとジュリエットは抱き合うのが、集の演出プランだ。

それに従い、楽と千棘も抱き合う。

楽に抱きしめられ、千棘の鼓動がはねる。

思わず抱きしめ返す手に力が入りそうになって、千棘はハッと目を見開いた。

舞台袖にあるナレーションブースから、じっと舞台を見守っている小咲の姿が目に入ったのだ。

（小咲ちゃん……！）

千棘は反射的に楽の体に触れていた手を離す、と同時に暗転となって、舞台転換が始まった。

千棘はすばやく楽から体を離すと、逃げるように袖へと引っこんでいく。

楽は千棘のうしろ姿を見送り、複雑そうに顔を曇らせて自分も舞台袖に戻る。

「楽のヤツ、このタイミングでかよ……」

ナレーションブースにいた集は、楽の表情の変化にいち早く気づいて苦笑するようにつぶやいた。

隣の小咲が「え？」と聞き返すと、集は「なんでもないよ～」と笑い、視線を舞台に戻して、舞台装置の準備ができたかどうかを確認した。

残すはラストシーンのみ。

（舞台のフィナーレが先か、〝顔を曇らせる原因〟に楽自身が気づくのが先か……。さて、どっちだろうね～）

集はすべてを見届けるべく、マイクを握った。

舞台を照らすライトがつく。

ラストシーンは、ジュリエットが死んでしまう礼拝堂で始まる。だからライトも静謐(せいひつ)さをかもしだすよう、ろうそくの灯(ともしび)をイメージした小さなライトがいくつも並び、舞台を明と暗のいりまじった雰囲気にしていた。

オレンジ色のほのかな光に照らされ、舞台上にスタンバイしていた千棘が、ガラスの小(こ)瓶(びん)を掲(かか)げて見つめている。

「愛は深まるも、抗争のせいで引き離されるふたり。ジュリエットはひと晩だけ仮死状態になる薬を飲み、ロミオが街から連れ去ってくれるのを待ち続けました」

ナレーションを聞きながら、ジュリエットは小瓶に口をつけ、倒れた。

そして現れるロミオ。

ロミオはジュリエットに駆け寄り、彼女の死を知ると崩れ落ちる。

「ジュリエット……君はまだ美しく温かいのに死んでしまったのだね……」

と言うと、ロミオは別の小瓶を取り出し、

「かわいそうなジュリエット。きみをひとりにはしない。僕はいますぐ、君のもとへ行く……」

小瓶を口に運んでいく——が、

「ロミオ……あなたには本当の運命の相手がいるはずです」

「!?」

閉じていた千棘の目がぱっと開き、驚いた楽は動きを止めた。その隙をついて、千棘は楽から小瓶を奪って立ち上がった。

(なっ、展開が違うぞ!?)

原作とも、もちろん台本とも違う展開に、楽はぎょっとして千棘を見つめた。

同じようにざわつき始めた客席の声も聞こえていない様子で、千棘はただ静かにまっすぐ楽を見つめている。

「あなたは生きて、その人と結ばれてください」

千棘は寂しげに微笑み、そっと舞台袖を見遣る。

楽も同じように舞台袖を見た。

ふたりの視線の先に立っていたのは、小咲。

瞬間、楽の中で疑問に思っていた千棘の突然の心変わりの意味がわかった。

(ジュリエット役を降りたのは、小野寺とオレを……!?)

けれど、どうして千棘がそんなことをしたのかがわからない。

そもそも運命って、なにを意味して……と、楽が考えたとき、小咲が胸元を祈るように押さえているのが目に入った。

その仕草に、楽はハッとする。

自分の首からかけている錠が、急に存在感を増したかのように感じられた。

(まさか、小野寺が約束の……!?)

楽はパッと視線を戻し、千棘を見つめた。

千棘は微笑んでいた。
楽が理解したことに満足したように見えた。
(違う)
楽は確信する。
短い間だったけれど、千棘とはずっと一緒にいたのだ。
ころころと変わる千棘の表情をたくさん近くで見てきた。
いまの千棘の表情は、自分の思い通りにことを進めて、満足した様子とは決して違う。
(なんでそんなに寂しそうなんだ……!)
しかし楽が視線で問いかけても、千棘はもう答えない。
ジュリエットは、毒薬の小瓶を口に運ぶ。
「さようなら……」
「……!」
毒を飲んだ千棘が、ゆっくりと倒れる。
楽の頬を、涙がひと筋流れた。

唐突(とうとつ)に理解できたのだ。

千棘が、切なげに自分を見つめていた、その意味を——。

ろうそくの灯が千棘の白い顔に影をつくり、まるで本当に死んでしまったかのように見える。

心臓が、氷をあてられたかのように強張る。

自分の顔も、表情も、体までが固まったかのように動かない。

そのとき、ふいに集の言葉が脳裏によみがえった。

『次に顔が曇りそうになったら、ちゃんと原因、把握しといてくれな』

まるですべてがパズルのようだった。

いまも、自分の顔は曇っているだろう。

その原因が、ようやくわかった。

(千棘、お前がいなかったから……)

クラスのみんなと楽しい時間を過ごしてたとき、その場所に千棘がいないことを寂しく感じていた。

ここに千棘がいたら、きっと喜んだだろうに、と無意識に思っていた。

いつの間にか、千棘の存在が自分の中で大きくなっていた。


（オレは、お前のことが……）


自分の気持ちに気づいた楽の手に、涙がぽつんと落ちた。

楽はハッと我に返る。己の思考に陥っていたのは、どうやら涙ひとつ分の時間だったようだ。

慌てて涙を拭うと、楽はそばにあったジュリエットの短剣を拾った。

「ジュリエット！　なぜ僕のぶんも毒を残してくれなかった！」

楽は倒れた千棘を抱き起こす。

目をつぶっている千棘がびくっと体を強張らせたが、気にせずにぎゅっと抱きしめた。

「ごめん」

千棘にだけ聞こえるようささやく。

答えない千棘から体を離すと、楽は小道具の短剣をにぎった。

「天国で結ばれよう……！」

そう言うと、ロミオは短剣を自分の胸に突き立て、ジュリエットを抱きしめるように横たわった。

静寂が舞台を包む。一拍おいて、割れんばかりの拍手が会場を埋め尽くした。

スタンディングオベーションにまでなった客席の中で、集英組の組員たちとビーハイブの構成員たちは涙を流しながら、駆け寄って抱き合った。どうやらロミオとジュリエットの悲劇に、自分たちを重ねて、改心したようだ。

「仲良くしようや〜」

「YEEEEEEEES!!」

「うぉーん、坊っちゃ〜ん」

男たちの感涙と盛大な拍手によって、舞台は閉幕した。

舞台が終わったあと、楽は着替えもせずに校舎の屋上へ向かった。

拍手のなか幕が降りたあと、舞台袖に引っこむ前に千棘がささやいたのだ。

「あとで屋上に来て」

楽は屋上へ続く階段を駆け上がり、金属製の扉を開ける。

急に外に出たので光に目がくらみ、目を細める。しかし、目が慣れるまで待つのがもどかしく、そのまま人影を探すと、そこにいたのは、

「小野寺?」

名前を呼ばれた小咲がパッと振り向く。小咲も楽の登場に驚いたように目をしばたたかせた。

「千棘ちゃんに来るように言われて……」

楽は腑に落ちない様子で足を進めて、小咲の前に立った。

「足、どうだ？」

「うん、大丈夫。少し痛いけど、保健の先生が言うにはすぐに治るって」

「そっか……」

「衣装、着たままなんだね」

「ああ、急いで来たから……」

変だよな、と照れる楽に小咲はにこりと微笑むと、たおやかにお辞儀をした。何度も一緒に練習したジュリエットの仕草だ。

「おお、ロミオ、ロミオ。私を愛するとお誓いください」

「僕は誓います。あの麗しい月にかけて」

たったひと言のやりとりだったが、小咲は満足だった。

舞台に立てなかったことは残念だけれど、無事に開幕できたので後悔はない。

最後にもう一度、楽とロミオとジュリエットを演じることもできて、もうほしいものはなにもない。

小咲は足の痛みを堪(こら)えて、楽へと一歩近づいた。

「私ね、一条君のこと、ずっと好きだった」

「!!」

目を見張る楽に小咲は微笑んだ。

ずっと伝えられなかった一言が、すんなりと口をついた。

小咲は鍵のペンダントを楽に見せた。

楽は大きく息をのみ、ロミオの白い衣装の下から、錠のペンダントを取り出した。

小咲は錠のペンダントを受け取ると、鍵を鍵穴に差しこみ、カチリと回す。

錠の蓋(ふた)が開くと、小咲が中に入っていたモノを楽の手のひらにのせた。

楽の手のひらに置かれたのは、オモチャの指輪。まるで結婚指輪のように、同じものがふたつ。

楽は目を細めた。

懐かしむように。

忘れていた記憶が見つかり、打ち震えるように。

小咲は指輪のひとつを手に取って言った。

「入学式で会ったとき、ペンダントの男の子だって、すぐにわかった」

「ごめん、オレは……」

さっき気づいて、とすまなさそうに続けようとした楽を遮って、小咲は首を振る。

「ううん、一条君を好きになれたから毎日が楽しかった」

小咲が微笑むと、楽も笑みを浮かべて小咲を見つめた。

「ずっと……小野寺だったらいいなって思ってた」

「……でも、いまは違うんだよね？」

小咲の言葉に、楽は驚いたような顔をして、やがて噛みしめるように柔らかく微笑んでこくりと頷く。

「……オレ、千棘のことが好きみたいだ」

楽の告白にズキンと小咲の胸が痛む。

あのとき――楽が舞台で涙を見せたとき、誰に心を奪われているのか、すぐにわかってしまった。

だから覚悟していたことだけれど、やはり本人から聞く言葉は重い。

けれど、楽の重荷になることは、小咲の願いではない。

小咲は精一杯の笑顔で楽を見つめ返した。

「舞台を見て私も確信した。ふたりの関係はニセモノなんかじゃないって」

そう言って、小咲は楽の手のひらにあった指輪と錠を、そっと取り上げる。

「がんばって、ロミオ様」

ああ、と楽は頷き、屋上を出て行く。

小咲はようやくそろった錠と鍵を優しく手のひらで包みこんだ。

決めていたのだ、ずっと前から。

もしも、楽が約束を思い出してくれたなら。

そのときこそ、この恋は――終わりにできる、って。


小咲はふう、と息を吐き、涙がこぼれないように空を見上げた。

青空はどこまでも澄んでいた。

階段を駆け下りながら、楽は胸が熱かった。

小咲は言った。

「ずっと好きだった」

つまり、自分が小咲を好きだったように、小咲も自分のことを好きだったのだ。

その想いに胸が苦しくなる。

けれど、自分自身の本当の気持ちに気づいてしまったら、小咲の想いには応えられない。

だって誰かを好きになる覚悟は、自分の気持ちを誤魔化さないということだから。

（まずは千棘を見つけて、オレの気持ちを伝えねーと！）

楽は校舎を出ると、ちょうど通りかかった担任のキョーコ先生を呼び止めた。

「先生、千棘を見ませんでしたか⁉」

すごい勢いで尋ねてくる楽に、キョーコ先生はちょっとおののいたが、すぐに申し訳な

さそうに眉尻を下げた。

「ごめんな、文化祭が終わるまでは内緒にしてくれって言われてたんだが……桐崎は学校をやめてニューヨークに戻ったんだ」

「⁉」

キョーコ先生が言うには、千棘はもう学校を出て空港に向かっているという。

楽はすぐさま走り出した。

とりあえずタクシーを拾って空港に向かわなくては。でも金持ってきてねぇ、と慌てながらも足を止めずに校門を出たとき、そこに見慣れた車が停まっているのに気づく。

集英組の黒塗りのリムジンだ。

しかも、いままさに竜之介がリムジンに乗って帰ろうとしている。

楽は急いで駆け寄ると、竜之介に叫んだ。

「頼むおめーら！　オレを漢にしちゃくれねぇか！」

珍しく頼み事をしてくる楽に、竜之介や他の舎弟たちは目を丸くする。

しかし事情を聞くと、すぐさま車を発車させた。

「まかしてくだせぇ！　坊っちゃんのためなら、限界速度を超えてやりやすぜ！」

ドライバーの舎弟は意気ごみ、アクセル全開で空港への道を飛ばした。

しかし時刻は夕方にさしかかり、空港付近の道路が混み始めてきていた。

眼前に連なる長い車の列に、楽の隣に座った竜之介が「Uターンだ、急げ！」と叫んだときだった。

背後からパトカーのサイレンが聞こえた。しかも複数台いるようだ。

「こんなときに……！」

楽は歯嚙(はが)みする。

ただでさえ普段から警察には目の敵(かたき)にされる稼業だ。ヘタに走れば、取り締まられて終わりになる。

なんとかやり過ごしたい、と願う楽たちの前でパトカーが停車する。

しかし、パトカーの窓を開けて顔を出したのは、万里花だった。

「楽様！　緊急車両として先導させますわ！」

「⁉　お前……」

唖然とする楽に、万里花は泣いたあとのような赤い目で、ふふっと笑った。

彼女もまた、楽の涙から彼の心のうちを見抜いてしまったのだ。

けれど万里花は、それで落ちこみ、立ち止まるような少女ではない。

「桐崎さんから楽様を奪い取るくらい、いつでもできますもの！　いまはロマンチック優先で！」

「すまねぇ、橘！」

楽がお礼を言うと、万里花はすぐに車内に顔を引っこめ、運転手に指示を出す。けたたましいサイレンを鳴らしてパトカーは走り出し、そのあとを黒塗りのリムジンが続く。さらにうしろを守るようにパトカーが続いた。

車列を組む緊急車両に、渋滞していた車はぞろぞろと道脇に寄り、できあがった隙間をすり抜けるようにして楽たちは走った。

パトカーの誘導により渋滞は抜けられたが、空港に着く頃にはすでに太陽は落ちていた。

しかも、風が強くなり、気温もぐっと下がってきているようだ。

空港ターミナルの正面玄関前に止まったリムジンから降りた楽は、すぐに駆け出そうとするが、ぐっと足を止めた。

正面玄関を塞(ふさ)ぐように、ビーハイブの構成員たちが立ち並んでいたのだ。

彼らの中央に、鶫(つぐみ)が冷徹な眼差しで立っていた。

「坊っちゃんを通せ！」

竜之介が吼(ほ)えるが、鶫はなにも答えない。代わりに構成員のひとりが叫んだ。

「お嬢に会わせることはできない。クロード様のご命令だ」

「なにをぉぉぉぉ⁉」

リムジンから降りてきた組員たちが怒りを隠さずに構成員たちへと向かっていく。

「やめろ！」

楽はすばやく組員たちの前へ出ると、両者を引き離すように両腕を伸ばした。

動くな、とひと睨みで組員たちを黙らせた楽は、その場に膝をつくと、ビーハイブの面々に向かって、深々と頭を下げた。

「千棘を……もうジュリエットみたいに悲しませたくないんだ……！　頼む、通してくれ！　オレはアイツにどうしても言わなきゃいけないことがある……お願いします！」

集英組二代目の土下座の嘆願に、ビーハイブの構成員たちも驚き、言葉を発さない。

やがて冷たく見下ろしていた鶫がパチンと指を鳴らした。

ザザザッと構成員たちは訓練された兵隊のように左右に分かれ、正面玄関への道をつくった。

「……!?」

顔をあげた楽が鶫を見ると、彼女は「行け」と促すように顎で玄関を示した。

立ち上がった楽は鶫に軽く頭を下げる。

「お気をつけてぇ行ってらっしゃいませぇ、二代目!」

竜之介たちが声をそろえて叫ぶと、楽は頷いて駆け出した。

そのうしろ姿を見送りながら、

「……感動したよ、一条楽」

鶫は小さく微笑んだ。

空港に人影はなかった。

ビーハイブが貸し切ったのか、それとも今日の便はすべて終わったのか。

楽は焦燥(しょうそう)にかられながらも空港の中を走った。

やがて滑走路が見えるガラス張りの通路に出て、ハッと目を見張る。

ビーハイブのマークがはいった飛行機が滑走路をゆっくりと進んでいくのが見えたのだ。

(あれか……!)

楽が滑走路へ続く道を探して走り出したとき、

「こんなところで何をしている」

クロードが楽の前に立ち塞がった。

「千棘に言わなきゃならねえことがある!」

「お嬢はもうお前の恋人でもなんでもない。勘違いするな!」

と言うなり、クロードは楽を殴り飛ばした。

「っ、勘違いなんかじゃない……！　やっと気づいたんだ、自分の気持ちに！」

床に転がった楽が片膝を起こして立ち上がろうとしたとき、冷たい感触が額に触れた。

クロードが銃口をつきつけていた。

「貴様はまだわかっていないのだ、ビーハイブのひとり娘と一緒になるということが、ビーハイブの宝を背負うということが！　貴様にお嬢は守れない……!!」

「オレは絶対に千棘を守ってみせる……！」

楽は銃口に臆(おく)することなく、立ち上がる。そして、まっすぐにクロードを見つめた。

「集英組とかビーハイブとか、そんなものは関係ない！」

「ニセモノの言葉は、もう聞き飽きた」

クロードが銃の撃鉄(げきてつ)を起こし、指先を引き金にかける。銃口は楽の額、ど真ん中につきつけられたままだ。

「またどうせ逃げ出すのだろう？　さあ、逃げろ！」

「もう逃げたりしない……！」

「……ならば、死ね」

クロードが引き金を引く。

カチャンッ。

撃鉄が乾いた音を立てたものの、銃口から弾丸が飛び出すことはなかった。

目をつぶらず、じっとクロードを睨みつけていた楽が、驚きに目を見開く。

銃に弾丸は入っていなかったのだ。

「今度は逃げなかったな」

クロードは銃を下げ、口元にだけ笑みをたたえてくるりと踵(きびす)を返した。

楽は短く息を吐き、すぐさまクロードに背を向けて滑走路目指して走り出した。

ビーハイブの所有するプライベートジェット機に乗った千棘は、ゆったりとしたシートに身を沈めて、窓の外を見つめていた。

何かが見たかったわけではない。

ただ、飛行場の灯でも見て気を紛らわせなくては、忘れようとしている想いに囚われそうになるからだ。

だから、季節を先取りしたかのような、早めの雪がちらちらと降り出したことにはすぐに気がついた。

白い結晶が次から次へと舞い降りてくる。

その様子をなんとはなしに眺めていた千棘は突然、驚いて窓に顔をよせた。

白い雪の舞い散る中を、駆けてくる人影が見えたのだ。

手を振り、何かを必死に叫んでいる——楽の姿だった。


「千棘——!」

楽は滑走路をプライベートジェット機に向かって必死に走った。

プライベートジェット機は離陸準備に入っているのか、どんどん進んでいく。どう考えても間に合うはずがない。

けれど、楽は諦めずに走った。

「千棘！　千棘――――!!」

全力で走っているので、息が止まりそうになる。それでも千棘の名前を呼び続けた。

プライベートジェット機との距離はどんどん離れていく……と思った矢先、突然ジェット機が速度を緩め、動きを止めた。

「!!」

楽は必死に走る。

その視線の先で、プライベートジェット機のタラップが下り、赤いドレスに身を包んだ千棘が姿を現した。

「……楽？」

「千棘……！」

千棘はタラップを駆け下りると衝動的に楽に向かって走り、やがて自分を制するように足を止めた。

千棘の迷いに気づいた楽も、あと少しの距離を残して足を止める。

ふたりの距離は数メートル。

千棘は震える胸を奮(ふる)い立たせるように小さく息を吐くと、突き放すように言った。

「なにその顔？」

楽はクロードに殴られて腫(は)れている頬に手をあてると、「なんでもねえよ」と口の端をあげる。

「衣装のままだし」

「……笑いたきゃ笑えよ」

楽はおどけるように言ったが、千棘は笑わない。

千棘は拒絶するように低い声で言った。

「なにしに来たのよ……？」

「…………」

「私は楽がずっと探してた女の子じゃないんだよ!!」

「わかってる」

楽は頷いた。千棘から目をそらさずに。

千棘が、苦しげに眉をよせる。

「口は悪いし、暴力ばっかだし、おまけにすっごくワガママなんだよ」

「しかも嘘つきだしな」

「あんたといてもケンカばっかだし」

「それでも」

楽は微笑んだ。

「オレはお前といるのが一番楽しいんだ」

千棘の肩が揺れる。目に涙の膜がはっていく。

「なに言ってるのよ……私たちはニセモノなんだよ?」

うつむき震える声で言う千棘に、楽ははっきりと告げた。

「ニセモノなんかじゃない。オレの気持ちは本物だ」

千棘が顔をあげる。涙が頬を伝うのも、楽は見ていた。

そして、もう二度と見失わないように伝える。

「オレは、桐崎千棘を愛しています」

まっすぐに千棘を見つめてくる楽の言葉に、千棘の顔がくしゃりと泣きそうになり、やがて蕾がほころぶように、満面の笑顔に変わる。

「楽……あんたのことなんか……」

千棘は楽に向かって走った。近づけなかった距離を、自分の足でつめて。

「もちろん、大っ嫌いよ！」

胸に飛びこんできた千棘を、楽は強く抱きしめる。

白い雪が舞い、暗闇の滑走路を白く染めていく。

ニセモノから本物に変わったふたりを祝福するように。

「愛を永遠に……」

約束の鍵のかわりに、ふたりは唇を重ねた。

映画『ニセコイ』CAST&STAFF

【CAST】

中島健人(一条楽)

中条あやみ(桐崎千棘)

池間夏海(小野寺小咲)

島崎遥香(橘万里花)

岸優太[King & Prince](舞子集)

青野楓(鶫誠士郎)

河村花(宮本るり)

GENKING(本田曜子)

松本まりか(日原教子)

丸山智己(佐々木竜之介)

加藤諒(ゴリ沢)

団時朗(アーデルト)

宅麻伸[友情出演](一条一征)

DAIGO(クロード)

【STAFF】

原作:古味直志「ニセコイ」
(集英社ジャンプ コミックス刊)

監督:河合勇人

主題歌:ヤバイTシャツ屋さん「かわE」
(ユニバーサル シグマ)

脚本:小山正太　杉原憲明

音楽:髙見優

JUMP j BOOKS

■初出
映画　ニセコイ　書き下ろし

この作品は、2018年12月公開の
映画「ニセコイ」をノベライズしたものです。

映画　ニセコイ

2018年12月26日　第1刷発行

著　者
古味直志　平林佐和子

装　丁
石山武彦［Freiheit］

編集協力
佐藤裕介［STICK-OUT］　神田和彦［由木デザイン］

編 集 人
千葉佳余

発 行 者
鈴木晴彦

発 行 所
株式会社 集英社

〒101-8050 東京都千代田区一ツ橋2-5-10
TEL［編集部］03-3230-6297
［読者係］03-3230-6080
［販売部］03-3230-6393（書店専用）

印 刷 所
大日本印刷株式会社

ホームページ http://j-books.shueisha.co.jp/

Printed in Japan　ISBN 978-4-08-703470-7 C0093
検印廃止

主役は
小野寺さん!?
こっちの世界でも一条先輩に片想い中の小野寺さん！
ある日、魔法の国の使者からスカウトされてしまい、
まさかの魔法少女へと大変身!?　世界の平和と恋の行方は!?
本編より少し？セクシーに「ニセコイ」ヒロインたちが大活躍!!

かわいさそのまま
公式スピンオフ漫画♥
「ぼくたちは勉強ができない」の
筒井大志が描く
マジカル☆パティシエ小咲ちゃん!!
こさき
原作:古味直志
「ニセコイ」
漫画:筒井大志
「ぼくたちは勉強ができない」
JC全4巻絶賛発売中♥

JUMP j BOOKS：http://j-books.shueisha.co.jp/

本書のご意見・ご感想はこちらまで！

http://j-books.shueisha.co.jp/enquete/